KB007695

Un été avec Proust

by Antoine Compagnon, Laura El Makki, Raphaël Enthoven, Michel Erman, Adrien Goetz, Nicolas Grimaldi, Julia Kristeva, Jérome Prieur, Jean-Yves Tadié

ⓒ Editions des/ Equateurs/ Humensis, 2014
Korean Translation Copyright ⓒ Mujintree, 2024
All rights reserved.
This Korean edition was published by arrangement with Editions des/ Equateurs/ Humensis(Paris) through Bestun Korea Agency Co., Seoul.

프루스트와 함께하는 여름

Un été avec Proust

로라 엘 마키,
앙투안 콩파뇽 외
백선희 옮김

mujintree
뮤진트리

차례

8장: 예술—아드리앵 피츠

■ 일러두기

- 이 책은 《Un été avec Proust》(Equateurs, 2014)를 우리말로 옮긴 것이다.
- 이 책에 인용된 《잃어버린 시간을 찾아서》는 갈리마르 출판사에서 단행본으로 출간한 '카르토Quarto' 판본(1999년)을 사용했다. 우리나라 독자를 위해 본문의 인용문 각주에는 이 작품을 구성하는 일곱 권의 책, 《스완네 집 쪽으로》《꽃핀 소녀들의 그늘에서》《게르망트 쪽》《소돔과 고모라》《갇힌 여인》《사라진 알베르틴》《되찾은 시간》 제목을 밝혀두었다.
- 본문에 나오는 도서·영화의 제목은 원제목을 번역 표기하는 것을 원칙으로 하되, 국내에 번역 출간 및 소개된 작품은 그 제목을 따랐다.
- 본문 하단의 주註 중 옮긴이의 것은 (─옮긴이)로 표기했다.

"병이 깊거나 다리가 하나 부러져야 《잃어버린 시간을 찾아서》를 읽을 시간을 낼 수 있다니, 불행한 일이다." 마르셀 프루스트의 동생, 로베르 프루스트가 한 이 말은 틀리지 않았다. 하지만 그는 세 번째 가능성을 빠트렸다. 햇살이 내리쬐는 바닷가에서, 혹은 프루스트처럼 자기만의 고요한 방에서 달콤하게 독서를 즐길 수 있는 뜨거운 계절, 여름 휴가 말이다. 문득 시간은 느려지고, 부풀고, 증발한다. 그리고 우리의 손에는 《잃어버린 시간을 찾아서》 외에 더는 아무것도 들려있지 않다.

문학의 풍경을 뒤엎어버린 이 놀라운 소설은 우리를 한 세기 이전으로, '벨에포크' 시대 파리의 문학 살롱으로, 노르망디의 해변으로, 혹은 베네치아 석호로 실어간다. 그리고 우리에게 삶을 얘기하고, 경련하듯 솟구치는 기억, 인간관계의 미묘함, 연애 감정의 모호함, 상상력의 유익함, 예술의 아름다움을 이야기한다. 우리는 저마다 이 소설 속에 자신의 몽상을 숨길 수 있고, 거기에서 자신의 기쁨과 두려움을 알아볼 수 있고, 심지어 어떤 진실을 발견할 수도 있다.

마르셀 프루스트는 말년을 《잃어버린 시간을 찾아서》의 집필에 바치면서, 미래의 독자들이 책에서 "그들 자신을 읽게" 되기를 바랐다. 이 책 《프루스트와 함께하는 여름》 역시 독자들이 자신을 깊이 알도록 이끄는 초대다. 어떤 이야기를 설명하려는 책이 아니다. 그보다는, 글쓰기를 모르는 사람이든 아는 사람이든, 호기심이 많은 사람이든 몽상가든, 모든 사람에게 말을 걸 수 있는 말이나 문장들, 혹은 이미지들이 솟아날 수 있도록, 글쓰기의 여러 길을 비춰주려는 책이다.

그 길을, 여덟 명의 독자가 나와 나란히 걷겠다고 나섰다. 그들은 소설가이거나 전기작가이거나 대학교수들이고 모두 삶의 한 부분을 프루스트 연구에 바친 이들이다. 지난여름, 그들은 〈프랑스 앵테르〉 방송에서 저마다 마음을 사로잡은 한 가지 주제와 마음을 뒤흔든 한 페이지를 소개하며 '그들만의'《잃어버린 시간을 찾아서》를 이야기했다. 이제 그들은 이 걸작에 대한 감탄을 글로 쓰고, 이 작품의 토대가 되는 질문들에 대해 성찰한다. 흘러가는 시간을 어떻게 붙들까? 왜 사랑은 우리를 아프게 할까? 우리가 누군가를 진정으로 알 수 있을까? 그들은 저마다 대답을 제시하면서, 우리에게 아름다운 여름 한 철에 긴 항해에 나서서 눈을 뜨고 프루스트의 몽상에 잠겨들 것을 권한다.

로라 엘 마키[1]

---

[1] 이어지는 모든 장의 도입부는 로라 엘 마키가 썼다. (—편집자)

1장

시간

– 앙투안 콩파뇽

01

독자의 초상

> "진정한 삶, 마침내 발견되어 밝혀진 삶,
> 따라서 온전히 살아낸 유일한 삶,
> 그것이 문학이다."
> ─《되찾은 시간》

"잃어버린 시간을 찾아" 떠난 화자는 소설의 마지막 부분에 이르러, 어떻게 그 시간을 구해낼 수 있는지 깨닫는다. 바로 글쓰기 덕에 가능하다는 것. 그러므로,《잃어버린 시간을 찾아서》는 무엇보다 소명에 관한 이야기다─주인공의 소명에 관한 이야기요, 또한 그를 통해, 삶의 대부분을 이 책, 불완전한 만큼이나 아름다운 이 책의 집필에 바친 저자 마르셀 프루스트의 소명에 관한 이야기이기도 하다.

***

어느 날 아침, 마르셀 프루스트는 짧은 밤잠에서 깨

어나자마자 충직한 가정부 셀레스트 알바레에게 이렇게 선언한다. "'끝'이라는 말을 썼어요, 이제는 죽을 수 있어요." 이 일화는 그의 비서이기도 했던 이 가정부가 1962년에 로제 스테판이 진행하는 텔레비전 방송 〈추억의 인물Portrait souvenir〉에 출연해 들려준 것으로, 프루스트는 이걸 계기로 대중에게 알려졌다. 책을 내줄 출판사를 찾기 힘들었던 프루스트가 베이비붐 세대 아이들에게 읽히는 작가가 된 때가 이즈음이다. 1930년대와 1940년대에 시련기를 거쳤던 그의 작품은 곧 포켓판으로 간행되어 모든 사람에게 읽히는 작품이 되었고, 수많은 언어로 번역되었다. 오늘날, 그의 작품은 고전 목록에 들어 있고, 《잃어버린 시간을 찾아서》는 조금은 괴물 같고—이것이 내가 할 수 있는 최고의 찬사다—운 좋게 망친 책임에도 불구하고, 꼭 읽어야 할 중요한 책으로 꼽힌다.

완벽한 것은 유행을 타지 않는다. 이 소설은 《클레브 공작부인》을 본보기 삼아 폴 부르제의 작품까지 이어지는 프랑스식 심리소설과 닮지 않았다. 그리고 이론의 여지 없이, 읽는 사람을 당혹스럽게 했다. 그러니 프루스트가 결국 베르나르 그라세 출판사에서 자비로 큰 비용을 들여 책을 출간하기 전까지 이 책을 거부했던 초기 출판사들을 너무 원망해서는 안 될 것이다. 프루스트는 그들에게 타자기로 친 800쪽에 달하는 괴물 같은 원고를 넘겼다. 그의 하인들이 옮겨 적어 종종 내용을 알아보기 힘든, 손글씨가 담긴 종이를 잔뜩 끼워 넣은 채 말이다. 게다가 그는 아직 쓰지는 않았지만, 남색男色과 연관된 외설스러운 내용을 담은 작품이 한두 권 더 뒤를 잇게 될 것이라고 덧붙이기까지 했다. 그러니 낙심할 만도 했다. 하지만 이 소설이 마침내 출간되었을 때 평단의 첫 반응은 좋았고, 1913년 11월부터 1914년 8월까지의 판매 실적도 좋았다. 약 3천 부가 팔렸는데, 당시로는, 더구나 난해한 책치고는 많이 팔린 편이었다. 평단은 곧바로 이 소설이 새롭고 중요한 작품이라는 걸 간파했다. 외국에서는 즉시 그를 위대한 작가로 인정했다. 〈타임스 문학 부록Times Literary Supplement〉은 이 소설이 출간된 지 한 달 만에 그런 보도를 냈고, 어느 이탈리아 잡지도 그랬다. 그러나 프랑스에서는 좀 더 까다로운 사정이 있었다. 뤽상부르 공원 쪽 작가인 앙드레 지드와 달리, 프루스트는 센 강 우안의 몽소 평원 쪽 작가라는 평판 때문이었다. 프루스트는 1896년에 《쾌락과 나날》을 출간한 바 있는데, 그 책에는 아나톨 프랑스의 서문과 살롱을 운영하던 마들렌 르메르의 수채화가 실려 있었다. 이런 선입견들이 작용해 출판사들은 이 작품의 독창성을 깊이 헤아리지 못했다. 《잃어버린 시간을 찾아서》는 분류할 수 없는 작품군에 속한다. 이 작품의 힘과 깊이는 바로 그 점에 있다. 10년 후에 다시 읽고, 다음 세대들이 다시 읽어도, 매번 거기에서 다른 무언가를 찾아낸다. 그렇다고 이 작품이 사랑, 질투, 야망, 욕망, 기억 같은 영원한 문제들을 덜 다루는 건 아니다.

　그러나 이 책은 너무나 유명함에도 불구하고 완독하는 독자는 드물다. 처음부터 지금까지 변하지 않은 법칙이 하나 있다. 《잃어버린 시간을 찾아서》의 제1권 《스완네 집 쪽으로》를 구매한 사람의 절반만이 제2권 《꽃핀 소녀들의 그늘에서》를 구매하고, 《꽃핀 소녀들의 그늘에서》을 구매한 사람의 절반만이 제3권 《게르망트 쪽》을 구매한다는 것이다. 하지만 일단 여기까지 이르기만 하면 독자는 더는 포기하지 않고《소돔과 고모라》,《갇힌 여인》,《사라진 알베르틴》,《되찾은 시간》을 독파한다. 프루스트는 읽기 쉬운 작가가 아니다. 문장은 길고, 사교계 파티는 끝없이 이어진다. 그는 독자에게 두려움을 안긴다. 하지만 책은 두려워하는 게 맞다. 책은 우리를 바꿔놓기 때문이다. 프루스트의 소설 같은 작품에 뛰어들어 진정으로 그 소설을 읽는다면, 그 소설의 끝까지 간다면, 다른 사람이 되어 나오게 된다.

나는《잃어버린 시간을 찾아서》를 열여덟 살이 되던 해인 1968년에 읽었다. 제1권인《스완네 집 쪽으로》의 1부인 "콩브레"를 읽고 깜짝 놀라, 어린 시절의 추억을 이야기하는 일종의 프루스트 모작模作을 시도했던 기억이 난다. 프루스트의 문장에 익숙해지면서, 중반부 소설들을 읽는 속도가 점점 더 빨라졌다. 지금도 나는 끊임없이 이 작품을 다시 읽지만, 요즘 내가 가장 자주 다시 읽는 책은《사라진 알베르틴》이다. 내가 아는 한 죽음에 관한 가장 아름다운 책이기 때문이다.《잃어버린 시간을 찾아서》는 누구나 각자 자기만의 길을 만들어가야 할 책이다. 일단 30쪽만 넘기면, 자기 집에 있는 듯한 편안함을 느끼게 된다.

《꽃핀 소녀들의 그늘에서》 도입부에는 노르푸아 씨—나중에 젊은 화자에게 문학의 길을 택하도록 격려해줄 사교계 인사—가 주인공의 부모 집에서 저녁 식사를 하는 장면이 나온다. 화자는 자신에게 도움을 주는 이 신사를 "안다"고 생각하지만, 몇 년 후 그는 우리는 절대 타인을 알지 못한다는 삶의 대 법칙—《잃어버린 시간을 찾아서》의 대 법칙이기도 한—을 깨닫게 된다.

(…) 질베르트와 그녀의 어머니에게 내 이야기를 해주겠다고 말하는(그렇게 해준다면 어쩌면 나는, 마치 한 줄기 숨결로 변한 올림포스의 어떤 신처럼 혹은 미네르바가 노인의 용모로 가장한 것처럼, 눈에 띄지 않게 스완 부인의 살롱으로 들어가, 그녀의 주의를 끌고, 그녀의 생각을 사로잡고, 그녀에게 나의 찬사에 감사하는 마음을 불러일으키고, 중요한 인사의 친구처럼 행세해서, 장차 그녀의 초대를 받을 만하고 결국 그녀의 가족과 친밀한 사이가 될 만한 사람으로 보이게 될지도 모른다) 이 중요한 인물, 스완 부인이 대단히 영예롭게 여기는

자신의 위엄을 나를 위해 쓰겠다는 이 인물이 돌연 내게 몹시도 큰 애정을 불러일으켰기에, 나는 마치 물속에 너무 오래 들어가 있었던 듯이 하얗고 쪼글쪼글한 그의 부드러운 두 손에 입 맞추고 싶은 충동을 억누르기 힘들었다. 나는 그런 마음을 몸짓으로 살짝 드러냈고 나 혼자만 그걸 알아차렸다고 생각했다. 누구나 그렇듯이 사실 자신의 말이나 움직임이 타인에게 어느 정도나 드러나는지 정확히 가늠하기는 어렵다. 우리의 중요성을 과장하게 될까 봐 겁이 나서, 그리고 타인들의 기억이 그들의 삶에서 차지할 수밖에 없는 영역을 큰 비율로 확대하면서, 우리는 우리의 말과 태도의 부수적인 부분들이 상대의 의식 속으로 거의 파고들지 못하리라고, 하물며 우리와 함께 이야기를 나누는 사람들의 기억 속에 남을 리는 더더욱 없으리라고 상상한다. 범죄자들이 자신들이 했던 말을 번복할 때, 그 번복된 말을 이전의 다른 진술과 대조할 수 없으리라고 생각하는 것 역시 바로 이런 가정에 따라서다. 하지만 수천 년에 걸친 인류의 삶에서 모든 것은 잊히기 마련이라고 주장하는 신문 기고가의 철학은 만물의 불변을 예언하는 정반대 철학보다 진실하지 않을 수도 있다. 〈프르미에 파리〉에 기사를 연재하는 그 도덕주의자는 어떤 사건, 어떤 걸작에 대해, 더군다나 "명성의 절정을 구가하는" 어느 여가수에 대해, "어느 누가 10년 후에도 이 모든 일을 기억할까?"라고 말하지만, 같은 신문 3면에 실린 금석학 아카데미의 자료는 그 자체로는 별로 중요하지 않은 어떤 사실을, 파라오 시대에 나왔고 우리가 지금까지도 원문 그대로 알고 있는 별 가치 없는 어떤 시편을 자주 거론하고 있지 않은가? 어쩌면 짧은 인생사에서는 사정이 이와 완전히 같지 않을지도 모른다. 하지만 그로부터 몇 년 후, 노르푸아 씨가 방문객으로 들른 어느 집에서, 아버지의 친구요 관대하고 우리 가족 모두에게 호의적이며 자신의 직업이나 출신 때문에 신중함이 습관이 된 분이어서 나는 그를 그곳에서 만날 수 있는 가장 든든한 지원군으로 여겼었는데, 그 대사가 떠난 후, 누군가가 내게, 언젠가 저녁 식사 때 "내가 한순간 그의 손에 입을 맞추려고 하더라"는 말을 노르푸아 씨가 넌지시 비추었다고 얘기해주는 걸 듣고 나는 귀까지 새빨개졌을 뿐만 아니라, 노르푸아 씨가 나에 대해 말한 방식은 물론이고 그 기억의 구성마저 내 생각과 너무도 다르다는 걸 알고 어안이 벙벙해졌다. 이 '험담'은 내게 인간의 정신을 구성하는 방심과 주의력, 기억과 망각의 의외의 비율에 대해 눈 뜨게 해주었고, 또한 마스페로의 어느 책에서, 기원전 10세기에 아슈르바니팔 왕이 사냥에 초대했던 사냥꾼들의 명단을 사람들이 정확히 알고 있다는 사실을 처음으로 읽었던 날만큼이나 나를 놀라게 했다. [2]

2 마르셀 프루스트, 《꽃핀 소녀들의 그늘에서》, 갈리마르 출판사, '카르토Quarto'
   판본(1999년), p. 382~383.

02

긴 시간

> "긴 세월, 나는 일찍 잠자리에 들었다."
> – 《스완네 집 쪽으로》

이것이 《잃어버린 시간을 찾아서》의 첫 문장이다. 그 첫 단어, 심지어 그 첫음절이 이미 사람들 대다수가 이 책에 대해 품는 생각을 잘 요약한다. 사실 《잃어버린 시간을 찾아서》는 3천 쪽에 달하는 '긴' 소설이다…. 하지만 프루스트에게는 그런 길이가 필요했다. 그는 시간이 우리의 삶 위로 어떻게 흘러가는지, 우리를 어떻게 변화시키는지, 하지만 또 어떻게 우리가 그것을 붙들 수 있는지 보여주려 했으니 말이다.

***

"길어 보여도 짧은 작품들이 있다. 프루스트의 긴 작

품이 내겐 짧아 보인다." 장 콕토는 《잃어버린 시간을 찾아서》를 두고 그렇게 말했다. 프루스트의 진정한 독자들이 모두 그렇듯이, 그는 끝까지 다 읽은 뒤 처음부터 다시 시작하는 독자였다. 이 소설은 빠져나오고 싶지 않은 마음을 불러일으키는 작품이기 때문이다. 사실 프루스트는 자신이 그렇게 긴 책을 쓰리라고 예상하지 못했다. 1909년에, 그리고 1912년에 출판사를 알아볼 때만 해도 그는 한 권이나 두 권짜리 책이 되리라고 예상했다. 처음에는 《잃어버린 시간》과 《되찾은 시간》을 각각 3백 쪽으로 예상했고, 나중에는 각 5백 쪽으로 예상했다. 그가 《스완네 집 쪽으로》 원고를 넘길 때는 둘 다 7백 쪽이 되었고, 모두 합해 천 5백 쪽이나 되었다. 한데 전쟁 때문에 출간이 중단되었다. 그러다 1918년에 《꽃핀 소녀들의 그늘에서》가 인쇄되었을 때, 책은 지금 우리가 알고 있는 분량이 되었다. 그러니 프루스트의 잘못만은 아니다. 그에게 소설을 두껍게 만들 시간을 준 전쟁에도 어느 정도 책임이 있다.

프루스트는 집필에 제대로 집중만 하면 아주 빨리 작품을 써나갔다. 3천 쪽을 불과 몇 년 만에 썼다. 1909년에 집필에 착수해, 1912년에는 두꺼운 소설 한 편을 거의 완성했다. 이 책은 1908년에 착상한 아이디어, 즉 사교계의 자아와 창작자의 자아, 의지적 기억과 무의지적 기억의 구분이라는 기본 발상을 중심으로 구축되었다. "가면무도회" 바로 앞부분, 프루스트가 "영원한 숭배"라고 부르는 부분은 감각 속에 자리한 예술의 원동력에 대한 계시다. 이 책은 하나의 아이디어 위에 구축되었지만, 이론적인 책이나 명제 소설과는 거리가 멀다. 기억에 대한 프루스트의 이론은 깊이 묻혀 있어 끝까지 베일에 가려질 뿐만 아니라, 글쓰기의 전개 자체가 그 이론을 넘어서 버리기 때문이다.

프루스트는 증보增補 방식으로 글을 구성한다. 즉 어디에 넣을지 모르는 채로 개별 단편을 쓴 다음, 시나리오를 짜 맞춰나간다. 그 각각의 단계마다, 롤랑 바르트가 말했듯이, 작품에 "살을 붙이고", "그 위에 또 살을 붙인다." 교정지―그가 살아 있을 때 출간된 부분의 교정지―에 또 긴 전개들을 덧붙인다. 그가 좀 더 오래 살았다면, 아마도 책은 3천 쪽이 아니라 4천 쪽이 되었을 것이다! 《갇힌 여인》, 《사라진 알베르틴》, 《되찾은 시간》의 원고량이 더 불어났을 것이다…. 프루스트가 이 작품을 쓰기 시작한 게 스무살 때이므로, 이건 일생의 책인 셈이다.《장 상퇴유》—그가 미완성으로 남겨 사후에 출간된 처녀작—는 이미《잃어버린 시간을 찾아서》라고 할 수 있다. 프루스트는 단 하나의 책만 쓸 수 있었다.

프루스트의 긴 문장은 아주 독특하다. 사건과 여담으로 이루어진 한 문장이다. 몽테뉴의 문장처럼, 종속절보다는 현재분사로 문장을 늘이는 경우가 많다. 종종 사람들은 그의 문장을 고전주의 시대의 친숙한 서간문이나 회고록과 연결 짓곤 한다. 하지만 그는 짧은 문장도 쓸 줄 안다. 어떤 단문들은 경구나 격언처럼, 역시나 고전적인 전통에 속한다.《잃어버린 시간을 찾아서》에는 많은 주제와 연관된 금언들이 등장한다. "긴 세월, 나는 일찍 잠자리에 들었다"라는 첫 문장은 책을 시작하기 위한 기발한 발상으로, 프루스트는 이 문장을 찾기까지 고심을 거듭했다. 이 문장은 수많은 시도와 수정 끝에, 타자로 작성한 원고에 손글씨로 적혀 등장했다. 하지만 프루스트는 교정쇄에서 이 문장에 줄을 긋고 다른 문장들을 시도해보다가, 결국엔 이 문장을 되살렸다. 이에 대해 두 가지 가정을 세워볼 수 있다. 우선, 그가 비록 만족스럽지는 않지만 어쩔 수 없어서 확신 없이 이 문장을 수용했으리라는 가정이다. 그게 아니면 이 문장이 뻔뻔스러울 만치 진부하게 여겨져 오랫동안 머리글로 삼지 않으려 했다고 가정할 수도 있다. 나는 두 번째 가정 쪽으로 기운다. 시간과 기억과 불면을 다루는 책을 여는 흥미로운 현관 같은 한 문장, 화자가 잠을 잘 자던 시간과의 대조를 대번에 부각하는 문장이다.

이 첫 문장은 첫 단락과 분리되어서는 안 될 것이다. 첫 단락에는 더는 잠을 이루지 못하는 주인공이 등장한다. 그 불면의 순간들을 통해, 그는 자신이 잠을 잘 자던 시간, 그러다 한밤중에 깨어나 어린 시절을 추억하곤 하던 시간을 회상한다. 이중의 이완을 통해, 불면의 주인공은 자신의 어린 시절을 추억했던 매개적 시간을 추억한다. 그렇게 해서 우리는 파리에서, 콩브레의 전원에서, 발베크라는 바닷가 마을에서 그가 지냈던 방들에 관한 이야기 속으로 들어선다. 기억의 만화

경이 작동을 개시하고, 독자는 아직은 어디로 가는지
모른 채 배에 오른다.

《잃어버린 시간을 찾아서》의 제7권 《되찾은 시간》에
서 화자는 전쟁통에 병 때문에 수년간 떠나 있었던 파
리로 되돌아온다. 게르망트 대공 부인의 저택에 초대
받은 그는 자신이 알던 모든 이의 노쇠를 목격한다. 길
고 긴 시간이 환희에 찬만큼이나 비장한 이 "가면무도
회"에서 마침내 끝을 맺는다. 막 자신의 문학적 재능을
깨달은 주인공은 무도회 동안 내내, 자신이 다른 이들
보다 우월하다고 느낀다. 그들에 관해 이야기할 사람,
그들을 망각에서 구해줄 사람, 죽은 이들의 기념비를
세워줄 사람이 바로 그다.

처음에 나는 어째서 내가 집주인과 손님들을 알아보는 걸 머
뭇거렸는지, 어째서 모두가 분을 발라 완전히 다른 모습으로
'분장'한 것처럼 보이는지 이해하지 못했다. 대공은 내가 그
를 처음 만났을 때만 해도 동화 속의 왕처럼 호인의 모습을
하고 손님을 맞이하고 있었는데, 이번에는 손님들에게 부과

한 격식을 그 자신도 따라, 흰 턱수염을 괴상하게 붙이고 신발의 밑창을 납으로 댔는지 무겁게 질질 끄는 모습이 "인생의 나이" 중 하나를 대표하는 역할을 맡은 듯 보였다. 콧수염도 《엄지 동자》에 나오는 숲의 서리가 아직 남아 있기라도 한 듯하다. 콧수염 때문에 입술이 뻣뻣하게 불편해 보였으니, 목표로 한 효과를 낸 후에는 그 수염을 기꺼이 없애버렸어도 됐을 텐데. 사실 내가 그를 알아본 것은 단지 얼굴의 몇 가지 특징으로 그의 정체에 대한 결론을 끌어내는 추론을 통해서였다. 젊은 프장사크는 얼굴에 무엇을 발랐는지는 알 수 없지만, 다른 사람들이 턱수염의 절반을, 또 다른 사람들은 콧수염만 하얗게 했다면, 그는 그런 염색에는 신경 쓰지 않고 얼굴을 온통 주름살로 뒤덮고 눈썹은 비죽 곤두선 털로 뒤덮는 방법을 찾아냈는데, 그 모든 것이 그에게는 전혀 어울리지 않았다. 그의 얼굴은 그을리고 굳고 근엄해 보였고, 그 때문에 무척 늙어 보여서 더는 젊은이라고 할 수 없을 정도였다. 그때 나는 누군가가 은빛 카이저 콧수염을 기른 웬 왜소한 노인을 샤텔로 공작이라고 부르는 소리를 듣고 몹시 놀랐는데, 내가 빌파리지 부인 댁을 방문했을 때 한 번 마주친 적 있는 그의 젊은 시절 모습을 알아볼 수 있었던 것은 변함없는 눈초리 덕분이었다. 가

프루스트와 함께하는 여름

장한 모습을 벗겨내고 기억을 더듬어 본래 모습을 보완하면서 겨우 식별해낸 이 첫 번째 인물에 대해 가장 먼저 든 생각은, 어쩌면 1초도 안 되는 순간이었으나, 그를 알아보기에 앞서 멈칫했을 정도로 그렇게 멋지게 분장한 걸 축하해주고 싶다는 것이었다. 그것은 평소에 맡던 배역과는 다른 배역으로 명배우들이 무대에 등장할 때, 프로그램을 보고 미리 그 사실을 알았더라도 깜짝 놀라 어안이 벙벙해졌다가 이윽고 박수갈채를 보내는 관객이 느낄 그런 망설임이었다.

이런 관점에서, 모든 이 가운데 가장 놀라웠던 사람은 나의 개인적인 적수인 아르장쿠르 씨였다. 그는 이날 마티네[3]에서 가장 이목을 끌었다. 그는 원래의 희끗희끗한 턱수염 대신 믿기 어려울 만큼 새하얀 턱수염을 괴상하게 달고 있었을 뿐만 아니라(물리적인 소소한 변화들이 한 인물을 작거나 커 보이게 하여 그의 표면적인 성격과 인성마저도 바꿔놓을 수 있다), 내 기억에는 아직도 근엄한 표정과 풀을 먹인 듯한 뻣뻣함이 남아 있지만, 지금은 존경심이라곤 조금도 불러일으키지 않는 늙은 거지꼴이 되어, 사지를 떨고, 평소에는 거만한 표정으로 보이게

---

3 아침나절을 뜻하지만, 사교계 용어로는 오후 모임을 가리킨다.

하던 그 처진 주름들이 지금은 바보 같은 무아지경의 미소를 끊임없이 짓는 노망난 노인의 모습을 생생하게 보여주고 있었다. 변장도 이쯤 되면 변장 이상의 것, 인성의 완전한 변모가 된다. 사실 몇 가지 사소한 특징이 여전히 내게 이 별나고 특이한 광경을 보여주는 사람이 바로 아르장쿠르라는 사실을 말해주긴 했지만, 만약 내가 알던 아르장쿠르의 얼굴을 되찾고자 한다면, 한 얼굴이 연이어 변해가는 그 과정들을 얼마나 많이 거쳐 가보아야 했을까! 그가 마음대로 사용할 수 있는 것은 육체뿐인데도, 그의 얼굴은 그토록 원래 모습과 달라 보였다. 물론 그것은 그가 자신의 몸을 파괴하지 않고 다다를 수 있는 극단의 단계로, 덕분에 그의 거만한 얼굴과 뒤로 잔뜩 젖힌 상체도 이제는 이리저리 흔들거리는 너덜너덜한 넝마에 지나지 않았다. 예전에 아르장쿠르 씨가 잠시나마 자신의 오만함을 좀 누그러뜨리려고 짓던 미소들을 떠올리고 나서야, 나는 가까스로 내가 그토록 자주 보았던 그 미소를 실제 아르장쿠르 씨에게서 찾을 수 있었고, 왕년의 그 단정했던 신사에게도 이런 노망기 든 늙은 넝마주이의 미소가 가능하다는 것을 이해할 수 있었다. 하지만 아르장쿠르의 미소가 같은 의도를 가진 것이라고 가정하더라도, 그의 얼굴이 놀랍

프루스트와 함께하는 여름

도록 변한 탓에 그런 의도를 표현하는 눈매 자체가 너무도 달라져 그 표현도 완전히 다른 것이 되어, 그가 아닌 다른 누군가의 미소처럼 보였다. 놀란 표정의 예의 바른 샤를뤼스 씨가 비극적일 정도로 말랑해진 모습을 보인 것처럼, 자발적인 희화화를 통해 그런 모습을 보이는 이 감탄스러운 노망난 인간 앞에서 나는 미친 듯이 웃음을 터뜨렸다.[4]

4 《되찾은 시간》, p. 2304~2305.

03

미로 같은 시간

"모든 것은 연대기 문제다."

-《되찾은 시간》

《잃어버린 시간을 찾아서》의 화자는 대담한 데가 있다. 이 책에는 연표랄 게 거의 없기 때문이다. 이야기를 '역사' 속에 위치시키는 거라곤 드레퓌스 사건과 제1차 세계대전뿐이다. 마르셀 프루스트는 그 이상의 지표를 제시하지 않으며, 시간이 그 시간이라는 것을 명확히 가리키지도 않은 채로 흘러가 버린다는 사실을 보여주기에 이른다.

***

프루스트는 사실주의 소설을 쓰지 않았다. 그는 예술에서 역사적 사건은 새의 지저귐보다도 덜 중요하다고 주장한다. 하지만 1913년의 독자들은 이 책을 동시대를 다룬 소설로 여겼다. 오늘날의 우리가 이 작품을 읽을 때는 연대를 프루스트의 삶과 연결 짓는다. 우리는《스완네 집 쪽으로》의 내용이 1880~1890년대에 일어난 일이라고 생각한다. 그러곤 1914년의 전쟁으로 넘어간다. 줄거리는 거의 프루스트의 생애 연대기를 따라간다. 일부 등장인물들은 늙지 않는다. 예컨대 프랑수아즈 같은 하녀는《스완네 집 쪽으로》에서 이미 할머니였으니,《되찾은 시간》에서는 완전한 노령에 이르렀을 것이다.

프루스트는 "시간의 보이지 않는 실체"를 글로 옮기고 싶어 했다. 그리고 실제로 그렇게 한다. 그의 소설에는 날짜나 지표는 거의 없이, 경험들, 추억들, 시대들이 병치並置되기 때문이다. 하지만 그렇다고 해서 소설이 그리 무질서한 건 아니다.《스완네 집 쪽으로》첫 몇 쪽에서 화자는 추억의 방들을 기억나는 순서대로, 즉 무질서하게 탐방하겠다고 알린다. 하지만 거의 충실하게 연대순을 따른다.《스완네 집 쪽으로》의 1부인 "콩브레"는 어린 시절을 다루고,《꽃핀 소녀들의 그늘에서》

는 사춘기 시절을 다루며, 화자는 알베르틴과 함께 어른이 된다. 주인공이 나이 들어가는 과정이 소설을 이끄는 도선導線이다. 그 방들의 무작위 탐방이 아니라.

하지만《스완네 집 쪽으로》의 2부인 "스완의 사랑"만은 예외다. 먼저 나온 "콩브레" 이후에 주인공의 탄생 이전 시절, 즉 스완과 오데트가 사랑을 나누던 시절로 돌아가, 그들의 딸 질베르트가 주인공과 동시대인이 되니 말이다. 그 사랑은 소설의 나머지 부분보다 훨씬 더 관례적인 방식으로 이야기된다. 3인칭 시점으로 서술되어, 1913년의 독자들이나 오늘날의 독자들에게 덜 곤혹스럽다. "콩브레"는 우리에게 주인공의 기억, 그의 신체, 그의 감각에 관해 들려준다. 이 책은 프로이트와 같은 시대의 책이다. 20세기가 전개되는 동안, 유년기와 성에 관한 이야기로 프로이트의 작품과 함께 읽히며 독자층을 확보했다. "콩브레"의 첫 페이지에서부터 나오는 자위 장면은 당시에는 물론이고 오늘날의 소설에서도 그리 흔치 않다.

시간이 다층적이듯, 화자話者도 다층적이다. 우리는 어린아이인 그와 만나 어른이 된 그와 헤어진다. 그

'자아'는 여러 층을 갖는다. 프루스트는 1913년 〈르 탕 Le Temps〉 지와 나눈 대담에서 당시의 인기 철학자 베르그손을 인용했다. 그와 거리를 두면서도 그의 철학을 원용했다. 자신이 한 작업은 베르그손이 한 작업과 다르지만, 자신의 책이 그의 철학을 연상하게 할 수 있다고 말한 것이다. 베르그손의 철학에서는, 프루스트나 혹은 프로이트 심리학에서와 마찬가지로, '자아'의 다수성이 핵심이다. 프루스트의 소설이 명제 소설은 아니지만, 프루스트에게는 하나의 고정 관념이 있다. 즉, '자아'가 분열되고 일관성이 없으며, 사회적 자아와 심층 자아 사이를 오락가락하여, 작가는 이 자아와 더불어 작품을 만든다는 것이다. 그리고 이 두 '자아'는 그 자체도 "단속적인" 여러 층으로 이루어져 있다.

프루스트는 자신의 책을 대성당과 드레스에 비유해 말한다. 숭고한 대성당은 프루스트가 러스킨의 작품을 번역하면서부터 애착을 느낀 기념물이고, 좀 더 장인적인 드레스는 글쓰기를 수작업과 결부시킨다. 프루스트는 노트에 글을 쓴다. 그는 그 수많은 노트에 담긴 기억에 에워싸여 지낸다. 침대에서, 그 노트들 한가운데서, 그는 모든 초고가 어디에 있는지 정확히 알고, 장인처럼 그것을 찾아낸다. 프루스트는 증보增補를 거듭한다. 우선 노트 앞면에만 글을 쓰고 뒷면은 가필을 위해 남겨둔다. 그러다 뒷면에도 여백이 부족하면 가장자리에 쓴다. 그리고 가장자리마저 꽉 차면 첫 노트부터 별지를 풀로 붙이기 시작한다. 아무 종이에나 끼적이고는 필요한 곳에 붙인다. 타자로 친 원고와 교정쇄에는 접은 종이 두루마리가 1미터 넘게 펼쳐지기도 한다. 프루스트의 원고는 문학 창작의 본질을 보여주는 멋진 예시다. 문학 창작은 엄청난 작업을 요구하지만 끝나고 나면 그 작업은 은폐된다. 처음에 사람들은 프루스트가 사교계 명사여서 말을 하듯 술술 원고를 썼다고 생각했다. 하지만 전혀 아니었다. 1950년대에 초고가 출간되었을 때, 사람들은 프루스트가 일벌레였다는 사실을 알게 된다.

책이 전개되는 동안 내내 화자는 시간을 희롱하고, 그 법칙들에 맞선다. 그래서 소설은 뭔가 혼란스러운 듯한 인상을 풍긴다. 하지만 이 표면적 무질서 뒤에, 드레스의 진짜 웃본이 숨어 있다…. 프루스트에 따르면, 글쓰기는 정말 재봉일 같은 것이다.

> (…) 내가 몰두하게 될 일을 좀 더 적절하게, 좀 더 구체적으로 더 잘 표현해줄 비유를 수시로 바꿔가면서, 나는 커다란 원목 책상 앞에 앉아, 프랑수아즈가 지켜보는 가운데 내 작품을 집필하리라 생각했다. 우리 곁에 살며 우리의 일에 대해 직관적으로 느끼는 그 모든 겸손한 존재들처럼, 또한 이제 알베르틴을 충분히 잊어 프랑수아즈가 알베르틴에게 저지른 그 모든 적대적인 행동들을 용서할 수 있게 되었기에 나는 프랑수아즈 곁에서, 거의 그녀처럼(지금은 너무 늙어서 아무것도 보지 못하지만, 적어도 그녀가 예전에 일했던 것처럼) 일하리라고 생각했다. 보충할 내용을 여기저기에 종이로 덧붙이고 핀으로 고정하면서, 감히 대성당을 짓는다고는 말하지 못하겠지만, 그저 드레스를 짓듯이 그렇게 책을 만들어 갈 것이기 때문이다. 프랑수아즈가 종이 두루마리라고 부르던, 내가 필요로 하는 바로 그것이 내게 없을 때 치미는 짜증을, 맞는 실과 단추가 없으면 바느질을 할 수 없다고 말하던 프랑수아즈라면 이해했을 것이다….

04

잃어버린 시간

> "어떤 이미지에 대한 추억은
> 어떤 순간에 대한 그리움일 뿐이다."
> - 《스완네 집 쪽으로》

《잃어버린 시간을 찾아서》의 제1권은 애수 가득한 문장으로 끝난다. 어른이 된 화자는 콩브레에서 보낸 어린 시절 이야기를 들려준 후 스완의 사랑 이야기로 되돌아갔고, 볼로뉴 숲에 들러 세월이 흘렀음을 확인한다. 아카시아 길에서 본, 한때 흠모받던 여인들은 이제 늙어버렸다. "아! 집도 도로도 거리도 세월처럼 덧없다." 《잃어버린 시간을 찾아서》는 자신의 과거를 되찾으려는 소설이기에 앞서, 제목이 가리키는 대로, 상실과 상실의 자각에 관한 책이다.

프루스트와 함께하는 여름

***

　"고장의 이름: 이름"—《스완네 집 쪽으로》의 3부
—의 끝부분에서, 화자는 '잃어버린 시간'을 체념하고
우울해하는 것처럼 보이지만, 프루스트는 편지에 이렇
게 쓴다. "주의하세요, 그건 임시 결론입니다. 그때까지
만 해도 나는 시간을 어떻게 되찾아야 할지 몰랐어요."
그의 글은 붓 가는 대로 쓴 것처럼 보여 어떤 독자들은
그런 줄로 알지만, 사실 그의 책은 대단히 짜임새 있게
구성되었으며, 많은 준비와 회고로 이루어져 있다.《스
완네 집 쪽으로》끝부분에서는 흘러간 시간에 대한 아
쉬움이 압도할 거라는 착각을 할 수 있지만, 여러 지
표에 주의를 기울인 세심한 독자라면—그런 독자들은
《되찾은 시간》이 나오기 전부터 있었다—다른 교훈이
우세하리라는 걸 간파한다. 이는 마들렌에 관한 일화
때부터 이미 짐작할 수 있다.

　그 일화는 하나의 계시를, 무의지적無意志的 기억이
라는 화자의 대발견을 예고한다. 주인공은 누구나 해
보았을 한 가지 평범한 경험을 하고 나서 엄청난 행복

감에 사로잡힌다. 예기치 못한 어떤 감각이 문득 우리에게 과거로 돌아간 듯한 느낌을 주는 것이다. 어떤 냄새, 어떤 소리가 잊었던 시간을 떠올려준 경험을 해보지 않은 이가 있을까? 그것이 프루스트가 말하는 "무의지적 기억"이다. 지성의 차원에서는 더는 아무것도 존재하지 않더라도 모든 것은 묻힌 기억 속에 남아 있으며, 그러다 어떤 뜻밖의 만남이 그 추억들을 되살려낼 수 있다. 무의지적인 어렴풋한 기억은 예측 불가능하다. 이 기억은 즉흥적이며 양면성을 지닌다. 이 기억에 대해 프루스트는 "진정제도 있지만, 위험한 독약도 있는 약국" 같다고 말한다. 그것은 행복에 젖게 할 수도 있고, 고통에 짓눌리게 할 수도 있다. "스완의 사랑"에 나오는 뱅퇴유의 소나타가 그 좋은 예다. 스완에게 그것은 오데트에 대한 사랑의 국가國歌와도 같은 곡이었으나, 그가 생퇴베르트 부인의 저택에서 열린 연회 중에 느닷없이 그 곡을 듣게 되었을 때는 그의 사랑의 종말을 의미하게 된다.

  프루스트는 당장은 헤아리지 못하는 불치의 상실들이 있다는 걸 우리에게 일러준다.《잃어버린 시간을 찾아서》의 제4권 《소돔과 고모라》의 한 지면에서 그런 경험에 대해 길게 얘기하는데, 사춘기의 화자가 뒤늦게 죽음을 실감하고 아연실색하는 부분이다. "사건의 달력은 감정의 달력과 일치하지 않는다", 라고 그는 말한다. 그가 자신의 할머니를 영원히 볼 수 없다는 사실을 깨닫기 위해서는 부츠를 벗을 때 느끼게 되는 어떤 감각이 꼭 필요하다. 《잃어버린 시간을 찾아서》는 우리를 둘러싸는 망자들에게 바치는 기념비다. 이 소설은 망자들에게 목소리를 돌려주고, 그들을 추모한다. 무의지적 기억은 상실과 소생을 동시에 품은 복합적 감정을 불러일으킨다.

시간의 현기증이 있다. 무슨 짓을 해도 우리는 그것을 극복하지 못하지만 《잃어버린 시간을 찾아서》는 그것을 지배한다. 화자가 《되찾은 시간》에서 이 무의지적 기억을 문학의 원동력으로 만드는 방법을 발견하기 때문이다. 제1권—《스완네 집 쪽으로》—과 마지막 권—《되찾은 시간》—사이에서 하나의 해결책이 생겨나는 것이다.

프루스트는 이 소설 도입부를 쓴 직후 곧장 결말을

썼다고 종종 말했으나, 좀 과장한 것 같다. 그가 처음에 생각했던 것과 같은 결말이 아니니 말이다. 다시 말해 게르망트 대공 부인의 집에서 열린 마티네를 묘사한 "영원한 숭배"와 "가면무도회"가 아니라, 자신의 어머니와 함께 나눈 생트뵈브에 관한 대화, 어렴풋한 기억을 통해 증명되는, 창작자로서의 자아와 사교계 인사로서의 자아의 구분에 관한 대화가 결말이다.

《되찾은 시간》은 《스완네 집 쪽으로》의 결말과 모순된다. 이는 구성상의 문제를 일으킨다. 만약 《되찾은 시간》의 화자가 《스완네 집 쪽으로》의 결말을 쓴 거라면 그는 이미 문학이 잃어버린 시간을 구제할 수 있다는 걸 아는 셈이며, 따라서 더는 비탄에 잠기지 않아야 할 터였기 때문이다. 사람들은 《잃어버린 시간을 찾아서》의 결말에서야 그런 창작의 비밀을 알게 되지만, 이전의 권들을 주의 깊게 읽은 사람이라면 어느 순간 알아차렸을 것이다. 프루스트는 자신의 책을 전체적으로 늘려나가지만, 때로는 줄이기도 한다. 이를테면 "영원한 숭배" 앞, 집필 중인 마들렌 과자를 연상시키는 결말 부분의 지나치게 교육적인 다수의 전조前兆를 삭제

했다. "충족한 독자"에겐 그런 지표들이 필요 없다. 이미 그는 삶과 죽음을 구제하는 구원자로서의 문학의 역할을 간파했다. 이런 의미에서,《잃어버린 시간을 찾아서》는 행복한 책이다. 끝이 좋은 책이다.

이 책에서 가장 괴로운 순간은《소돔과 고모라》에 나오는 "심장이 널뛰는"[5] 순간이다. 발베크에 도착한 첫날 저녁, 주인공은 신발을 벗다가 문득 할머니에 대한 회상에 사로잡힌다. 할머니는 일 년 전에 돌아가셨지만, 그때까지만 해도 그는 그 죽음을 제대로 자각하지 못하고 있었다.

나의 온 존재가 송두리째 흔들렸다. 첫날 밤부터 피로로 인한 심장 발작의 고통을 참으려고 애쓰면서 나는 부츠를 벗기 위해 조심스럽게 몸을 굽혔다. 하지만 발목 부츠의 첫 단추에 손을 대자마자, 뭔가 미지의 숭고한 존재로 인해 가슴이 벅차오르며 오열로 몸이 떨리고 눈에서 눈물이 주르르 흘러내렸

---

5 "Les intermittences du cœur"라는 표현은 의학적으로는 심장 박동이 불규칙해지는 장애를 가리키며, 심장을 뜻하는 **cœur**는 '마음'을 의미하기도 한다.

다. 지금 나를 도우러 온, 그리하여 메마른 영혼으로부터 나를 구해준 존재는, 몇 해 전 지금 같은 절망과 고독의 순간에, 나 자신이 더는 전혀 남아 있지 않다고 느껴지던 순간에, 내 안으로 들어와 나를 나 자신에게 되돌려준 바로 그 존재였는데, 그 존재는 바로 나이자 나 이상의 무엇이었다(안에 담긴 내용물보다 더 큰 그릇으로 그 내용물을 나에게 가져다준 존재였다). 그 순간 나는 기억 속에서, 이곳에 처음 왔던 날 저녁에 피곤해하는 나를 내려다보던 할머니의 얼굴을, 참으로 다정하고 걱정과 실망이 실린 얼굴을 보았다. 그리워하지 않았다는 사실에 나 스스로 놀라고 자책하는, 그런 이름뿐인 할머니가 아니라, 나의 진정한 할머니, 샹젤리제에서 발작으로 쓰러지신 이후 처음으로 전적으로 무의지적인 추억 속에서 그 생생한 실재를 되찾은 할머니였다. 이런 실재는 우리의 상념에 의해 재창조되지 않는 한 우리에게 존재하지 않는다(그렇지 않다면 대규모 전투에 휘말렸던 사람은 모두 위대한 서사시인이 되었을 것이다). 그렇게 할머니의 품에 달려들고 싶은 미칠 듯한 욕망에 사로잡힌 그 순간에야—사실의 달력이 감정의 달력과 부합하지 못하도록 가로막는 빈번한 시간 착오 때문에 장례를 치른 지 일 년이 지나서야—나는 할머니가 돌아가셨다는 사실을 실감했다. 할머니가 돌아가신 후 나는 자주 할머니에 대해 말하고 생각도 했지만, 배은망덕한 이기적이고 냉혹한 젊은이의 그런 말과 생각 속에서는 할머니 같아 보이는 존재라곤 조금도 찾을 수 없었다. 경박하게 처신하고, 쾌락을 좇아 살며, 병든 할머니의 모습을 보는 데 익숙해져 있던 내가 할머니가 살아계셨을 때의 추억을 잠재 상태로만 내면에 품고 있었기 때문이다.

우리가 어떤 순간에 영혼을 생각하든, 우리의 온 영혼은 그 풍요로움에 대한 숱한 평가에도 불구하고, 다만 거의 허구적인 가치밖에 갖지 못한다. 그것이 상상 속의 풍요로움이든 아니면 실제적인 풍요로움이든, 이를테면 내게 게르망트라는 옛 이름이 그러했던 것처럼, 혹은 그보다 더 중요한 할머니에 대한 진짜 추억이든 간에, 그런 풍요로움은 우리가 마음대로 처분할 수 없기 때문이다. 사실 기억의 혼란은 불규칙하게 널뛰는 심장과 연결되어 있다.[6]

---

6 《소돔과 고모라》, p. 1326~1327.

05

되찾은 시간

> "우리가 어떤 분위기를 기억하는 건
> 어린 소녀들이 거기에서 미소를 지었기 때문이다."
>
> ─《갇힌 여인》

프루스트의 작품에는 추억의 아름다움이 있다. 그것은
독자에게는 물론 화자에게도 느닷없이 튀어나오기에
우리를 놀라게 한다. 무의지적인 어렴풋한 추억은 때로
는 고통스럽기도 하지만, 충만한 행복감을 안겨줄 수도
있다. 지난 삶의 순간들을 드러내주는 건 차에 적신 마
들렌, 고르지 않은 포석, 순가락 부딪히는 소리, 혹은 뻣
뻣한 냅킨 등이다.

***

"콩브레"의 첫 페이지들은 몸을 전면에 내세운다. 낯
선 방에서 깨어나는 주인공의 감각적 반응을 서술한

다. 그것은 누구나 하는 경험이다. 잠에서 막 깨어났을 때는 내가 어디에 있는지 내가 누구인지도 모른다. 매일 아침 우리는 우리를 되찾고 다시금 우리의 몸에서 살게 되지만, 잠시 정체성이 흔들린다. 깨어날 때의 이 혼란은 어떤 소설 속으로 들어갈 때 느끼는 혼란과 같다. 우리 자신이 어디에 있는지 모르다가, 조금씩 자신을 알아가는 것이다. 몸에 관한, 남성의 몸에 관한 이런 얘기는 새로웠다. 무의지적 기억이란 바로 지성의 기억에 대조되는 몸의 기억이다. 《잃어버린 시간을 찾아서》는 지성을 비판하고, 그것을 직관과 대립시킨다. 마들렌을 통해 주인공은 다른 현실을 직관한다. 감각적 반응이 그에게 황홀감을 주기 때문이다. 수천 페이지 뒤에야 설명이 나오지만, 이미 우리는 어렴풋한 추억의 행복이 몸을 통해서 온다는 것을 안다.

그러므로 무언가는 우리의 존재와 몸의 완전한 파괴에서 벗어난다. 화자에게 행복감을 주는 그런 삶의 조각들이 그렇다. 두 개의 시간이 서로 충돌한다. 현재와 과거의 충돌로 인해, 주인공은 현재도 과거도 아닌 시간, 시간성의 어떤 본질 같은 것 속에 있게 된다. 이 충격은 바로 초현실주의자들이 말한 "발작적 아름다움"
의 충격, 또는 순간적 아름다움에서 영원한 아름다움
을 끌어내는 것을 현대성의 사명으로 여긴 보들레르가
꿈꾸었던 충격이 아닌가? 마들렌의 맛보다 더 덧없는
것이 없지만, 그것은 영원에 이르는 길을 연다. 여기서
프루스트는 그 은유를 자신의 글쓰기의 원동력으로 정
립한다. 먼저 충격을 주고 나서 종합하기, 이것이 "아름
다운 문체에 필요한 고리들"이다. 프루스트는 낭만주
의자, 어쩌면 최후의 낭만주의 작가인지 모른다.

  실망과 상실의 소설로 나온 《잃어버린 시간을 찾아
서》이후엔 좀 덜 고통스러운 미래에 대한 약속이 온
다. 《되찾은 시간》은 순수한 상태 그대로의 시간의 출
현 속에서, 시간의 질서로부터의 해방 속에서 과거를
구출하려는 듯 보인다. 화자는 마침내 시간에서 해방
되어, '시간의 바깥'에 있게 되지만, 그러나 곧 '가면무
도회'에서, 나이 들고, 병들고, 늙고, 죽음에 가까워진
그 모든 가면 앞에서 다시 시간 속으로 떨어진다. 오
직 화자만이, 아니, 오직 문학만이 시간으로부터 해방
될 수 있을 것이다. 이렇듯 형이상학적이고 초월적이

며 대단히 고결한 문학 개념은 19세기와 관련이 있다. 《잃어버린 시간을 찾아서》는 구원을 얘기하는 19세기의 마지막 대작이고, 희망으로 끝을 맺는다.

하지만 시간에 대한 이러한 사유가 《잃어버린 시간을 찾아서》의 전부는 아니다. 이 작품은 종종 희극적이기도 한 몽상적인 소설이지, 철학 소설이 아니다. 기억에 대한 하나의 이론이 밑바탕에 깔려 있지만, 우리가 이 책을 읽고 빠져드는 것은 몽상적인 위대한 소설이기 때문이다. 이 소설을 쓰기 시작한 초반부인 1908년에 프루스트는 수첩에 감동적인 성찰을 적어두었다. 그는 시간과 기억에 대한 자신의 사유를 토대로, 소설을 써야 할지 철학 에세이를 써야 할지 고민한다. 그러곤 고뇌하며 "나는 소설가인가?"라고 쓴다. 놀라운 건, 그의 책이 어떤 장르에도 속하지 않는다는 사실이다. 이 책은 샤를뤼스, 스완, 할머니, 알베르틴 등, 하나같이 인상 깊은 인물들이 등장해 세월과 더불어 진화해가고, 몇몇 인물은 대단히 입체적으로 변하는, 한 편의 소설인 동시에, 삶·죽음·사랑·시간·나이·기억 등은 물론 정치·계략·험담… 등에 대해 생각할 거리를 제공하는

책이기도 하다. 심각한 책이지만, 우리를 많이 웃게 하
는 책이기도 하다.

《되찾은 시간》에서 화자는 게르망트 저택 안뜰을 가
로지르다가 울퉁불퉁한 포석에 발부리를 부딪치고는 베
네치아에 있는 산마르코 성당 광장의 포석을 떠올린다.
그리고 이 무의지적 기억에 이런 성찰이 이어진다.

사는 동안 현실은 너무도 자주 내게 실망을 안겼다, 내가 현
실을 지각하는 순간, 아름다움을 즐기기 위한 내 유일한 기
관인 상상력이, 현실에 없는 것만 상상하길 바라는 그 불가피
한 법칙에 따라 현실에서는 발휘되지 않았기 때문이다. 그런
데 갑자기 그 엄격한 법칙의 효과가 자연의 경이로운 술책에
의해 무력화되고 중단되었는데, 어떤 감각—포크나 망치 소
리, 혹은 똑같은 책 제목 같은—을 과거와 현재 속에 동시에
어른거리게 하는(과거 속에서는 나의 상상력이 그 감각 작용을 음미
할 수 있게 해주고, 현재 속에서는 린넨 천이 스치는 소리며 감촉 등이 일
으키는 내 감각들의 실질적인 떨림이 대개 꿈에는 없는 실재의 개념을
그 상상의 꿈들에 덧붙이는 방식으로) 이 술책 덕에 나는 번개처럼

프루스트와 함께하는 여름

스치는 찰나에 결코 포착할 수 없는 것, 즉 순수한 상태의 짧은 시간을 획득하고 고립시키고 고정할 수 있었다. 접시에 닿는 숟가락 소리와 바퀴를 두드리는 망치의 공통된 소리를 들었을 때, 게르망트 저택의 안뜰을 걸을 때의 불규칙한 발소리와 산마르코 성당 예배당의 고르지 않은 포석 위를 걸을 때의 공통된 소리를 들었을 때, 내 안에서 행복감으로 전율하며 다시 태어난 존재는 오로지 사물의 본질만을 양분으로 취하고 사물의 본질 안에서만 그 지속과 기쁨을 발견한다. 존재는 감각으로 본질을 파악할 수 없는 현재를 관찰하느라, 지성이 메마르게 한 과거를 고찰하느라, 의지가 현재와 과거의 조각들로 축조할 미래를 기대하느라 시드는데, 의지는 그 조각들에서 공리적이고 협소한 인간 목적에 긴밀히 부합하는 것들만 간직하고 그 현실성은 제거한다. 한데 예전에 이미 들어보았던 소리나 맡아보았던 냄새, 현재에 있지 않으면서도 실재하고 추상적이지 않으면서도 관념적인 그것들을 다시금 현재와 과거 속에서 동시에 듣고 맡게 될 때, 평소에 감춰져 있던 사물들의 영속적인 본질이 다시 분출되고, 오래전에 죽은 것처럼 보였으나 완전히 죽지 않은 우리의 진정한 자아가 다시 깨어나, 그 자아에 주어진 천상의 양분을 받으면서 다시 활기를 찾는다. 시간의 질서를 뛰어넘은 그 순간이, 그런 순간을 느낄 수 있게끔 우리 내면에 시간의 질서를 뛰어넘은 인간을 재창조한 것이다. 그리고 그런 인간은, 비록 마들렌의 소박한 맛이 기쁨의 동기들을 논리적으로 내포하고 있는 것처럼 보이지 않더라도 그런 기쁨을 믿는다는 걸 우리는 안다. 또한 그에게는 '죽음'이라는 말이 아무런 의미가 없다는 것도 우리는 안다. 시간의 바깥에 선 인간이 미래에 대해 무엇을 두려워하겠나?[7]

---

7 《되찾은 시간》, p. 2266~2267.

2장

등장인물들

– 장 이브 타디에

01

독자의 초상

> "아름다운 소설을 읽고 나면, 그것이 슬픈
> 내용이어도 우리는 (…) 행복을 느낀다."
> – "소설가의 힘", 〈신간 잡록Nouveaux mélanges〉[8]

책에 대한 가장 멋진 말들을 우리는 위대한 작가들에게
서만이 아니라 특히 만족을 모르는 독자들에게서도 듣
는다. 자신이 좋아하는 작가들의 작품을 읽고 모작까지
쓴 프루스트가 그런 독자다. 그에 의하면, 소설가만이
우리를 우리 자신으로부터 "해방해줄" 수 있고, 한 편의
"아름다운 소설"을 읽는 동안, 등장인물들의 가상의 삶
을 통해 다른 여러 삶을 살게 해줄 수 있다.《잃어버린
시간을 찾아서》에는 그런 삶이 5백여 개나 된다….

---

8 마르셀 프루스트 사후에 출간된 《생트 뵈브에 반대하여》에 함께 실린 글 모음.

***

앙드레 모루아는 《잃어버린 시간을 찾아서》에 대해 "대성당의 단순함과 장엄함을 지닌" 작품 같다고 말했다. 마르셀 프루스트의 바람이 바로 그것이었다. 그리고 그의 성공은 한 권의 위대한 책을 썼다는 것만이 아니라, 동시에 문학을 혁신했다는 의미도 갖는다. 프루스트 자신도 이 대성당 이미지를 사용했으며, 어느 친구에게 보낸 편지에서, 한때 여러 부에 "현관"이라든가 "제단 뒤 채색 유리창"이라는 제목을 붙이려 했다고 쓰기도 했다. 그러므로 이 책은 즉흥적인 하나의 장대한 독백도 고백도 아니다. 무엇보다―위대한 예술 작품들이 모두 그렇듯이―하나의 건축물이다, 독자는 이 책에서 하나의 줄거리와 함께 수미일관하는 하나의 주제를 발견하게 될 뿐 아니라, 동시에 하나의 집합을, 하나의 진정한 구조를 발견하게 된다. 이 모든 걸 한눈에 파악할 수 있기에, 이런 의미에서, 이 소설은 참으로 유일무이한 작품이다.

내가 프루스트를 발견한 건 열여섯 살 때다. 따라

서 나중에 석사 논문 주제를 정할 때, 그리고 더 나중에 박사 논문 주제를 정해야 했을 때 나는 자연스레 프루스트 쪽으로 기울었다. 소르본 대학의 옥타브 나달 교수는 내게 당시 내가 이 연구에 뛰어들어도 괜찮을지 말해줄 수 있는 유일한 사람이었던 프루스트의 전기 작가 앙드레 모루아를 만나보라고 권했다. 그래서 나는 떨리는 마음으로 그를 만나러 갔다. 모리스-바레스 대로에 있는 아주 웅장한 건물로 들어서니, 한 노신사가 아주 부드러운 목소리로 나를 맞이해주었다. 우리는 이야기를 나누었고, 그는 내 계획을 격려해주었다. 이어 나는 당시 〈라 누벨 르뷔 프랑세즈〉의 주필인 장 폴랑도 만나보고 그에게 물었다. "프루스트에 관한 연구가 너무 많다고 생각하진 않으세요?" 그는 미소 띤 얼굴로 이렇게 대답했다. "그럴 만한 작가 아닌가요?" 그래서 나는 프루스트 연구에 뛰어들었다.

이 작품 속의 많은 것이 흥미로웠고, 여전히 나를 사로잡아 나는 지금도 읽기를 멈추지 못하고 있다. 나는 특히 이 이야기의 등장인물들에 각별한 애착을 느낀다. 흔히들 너무나 자주 《잃어버린 시간을 찾아서》를 화자話者의 삶과 목소리로 축소하는데, 그것들은 때로 이상할 만큼 저자著者의 그것들과 공명한다. 하지만 그 울림에 속아 넘어가지 말아야 하며, 하나의 거대한 등장인물—여자들, 남자들, 어린아이들, 노인들, 하인들, 명문 귀족들, 정계 인사들, 군인들⋯—체계가 있다는 점을 생각해야 한다. 사회 전체가, 여러 사회가 재현되어 있는 것이다. 게다가 마치 인간 존재들 속에 강생한 어떤 신처럼 등장하는 매우 중요하고, 추상적이며, 포착하기 힘든 인물도 있다. 바로 시간이다. 그러므로 프루스트가 일종의 고백록을 썼다고 믿는다면 완전한 착각이다. 그는 우선 소설가가 되길 바랐고, 그래서 현실과 단절된 하나의 작품을 건축하길 바랐다. 그 글에는 작가 자신의 반영이 있는 게 아니라, 자아와 타자들에 관한 심층 탐구가 있다. 사실주의는 전혀 찾아볼 수 없고, 다만 화자의 모습을 한 자아의 재발명이 있다.

발자크와 그의 작품《인간 희극》의 영향을 받은 건 분명하나, 이 또한 대단히 상대적이다. 다른 많은 이들처럼 프루스트도, 우선 스승들을 모방해야만 성장할 수 있다고 생각했다. 학교—내면의 학교—에서 최고의 선배들이 이루어 놓은 것을 치열하게 공부해야만 일을 배울 수 있다. 그래서 프루스트는 먼저 발자크에 게서 일을 배웠고, 문장과 문체는 플로베르에게서, 어떤 풍경 앞에서 느끼는 몇몇 황홀의 순간들은 스탕달에게서, 그리고 영국 작가 중에는 특히 조지 엘리엇과 토마스 하디에게서 배웠다. 그의 위대한 스승이 발자크라는 데는 이론의 여지가 없다. 프루스트는 발자크의 모든 작품을 알 뿐만 아니라, 《잃어버린 시간을 찾아서》에 그의 글을 즐겨 인용하기도 한다. 하지만 그렇다고 해서 그가 본보기는 아니다. 프루스트는 절대적으로 다른 걸 쓰고 싶어 한다. 그는 자신이 상상하는 화가(엘스티르)와 샤르댕(엘스티르의 대스승)의 관계를 논하면서 이 점을 분명히 밝힌다. 우리가 사랑하는 것을 다시 만들려면 오직 그것을 버림으로써만 가능하다고 말이다. 이는 일종의 변증법이다. 처음에는 발자크 추종자였으나 발자크를 등지고서야 비로소 자기 자신이 되는 것이다.

《되찾은 시간》의 마지막 페이지는 내가 무척 좋아

하는 페이지 중 하나다. 그 페이지는 이 책 전체를 담은 것 같고, 3천 페이지 전에 등장한 첫 단어, "긴 세월"로 우리를 다시 데려가는 것 같다. 처음과 끝이 그렇게 결합하여, 프루스트가 다른 무엇보다 우리에게 시간의 의미를 되새기게 해준 시간의 위대한 소설가임을 확인해준다.

그토록 긴 그 모든 시간이 멈추는 일 없이 내내 나를 통해 살아지고, 사유되고, 서서히 흘러갔다는 것, 그것이 바로 내 삶이었고 나 자신이었다는 것, 게다가 내가 그 시간을 매 순간 나에게 묶어두었다는 것, 그것이 그 아찔한 정상에 선 나를 떠받쳐주었다는 것, 시간을 이동시키지 않고는 내가 움직일 수 없었고 시간과 더불어 그렇게 할 수 있었다는 것을 느끼고서, 나는 어떤 피로감과 공포감에 사로잡혔다. 멀리 있지만 내 마음속에 자리한 콩브레 정원의 초인종 소리를 들은 날, 그 날짜는 내가 가진 줄 몰랐던 그 거대한 차원 속에서 하나의 지표였다. 내가 발밑에 둔, 하지만 내 안에 있는 그 많은 세월을 보자, 마치 까마득히 높은 곳에 올라 있기라도 한 듯 현기증이 났다.

나는 게르망트 공작이 의자에 앉아 있는 모습을 보면서 나보다 훨씬 많은 세월을 발밑에 두고 있는데도 그렇게 나이 들어 보이지 않는다는 사실에 감탄했지만, 그가 자리에서 일어나 똑바로 서려고 했을 때 왜 그가 이내, 몸에서 단단한 것이라곤 쇠로 된 십자가뿐인데도 주위에 젊고 활기찬 신학생들이 몰려드는 늙은 대주교처럼 휘청거리는 다리를 가누지 못하고 비틀거렸는지, 왜 그가 여든셋이라는 세월의 거의 감당 못할 꼭대기에 놓인 나뭇잎처럼 몸을 떨지 않고는 한 발짝도 나아가지 못했는지 이해했다. 마치 모든 인간은 살아 있는 죽마竹馬 위에, 끊임없이 자라서 때로는 종탑보다 더 높아지기도 하는 죽마 위에 있어 점점 걷기 힘들고 위태로워지다가 별안간 떨어지게 되는 것 같았다. (바로 그래서 일정 나이가 지난 사람의 얼굴은 아주 무지한 사람의 눈에도 젊은 사람의 얼굴과 혼동되지 않으며, 불안한 기색이 어린 진지한 표정만 드러내는 게 아닐까?) 나는 내 발밑의 죽마도 이미 높이 솟아 있을까 봐 겁이 났고, 이미 아주 멀리 내려가 있는 과거를 오랫동안 붙잡아둘 힘이 있을 것 같지도 않았다. 그러므로 만약 내게 작품을 완성할 수 있을 만큼 긴 시간과 힘이 남아 있다면, 나는 비록 인간을 괴물 같은 존재로 만들게 될지라도 무엇보다 인간을 묘사하는 일을 소홀히 하지 않을 터인데, 거기서 인간은 공간 속에 마련된 한정된 자리에 비하면 너무도 중요한 자리, 마치 아주 멀리 떨어진 여러 시기를 살아 세월 속에 침잠한 거인들처럼, 많은 날이 와서 자리잡는 삶의 여러 시기를 동시에 접촉하기에 무한정 뻗어가는 자리를 차지하는 존재로 그려질 것이다─'시간' 속에서.[9]

---

[9] 《되찾은 시간》, p. 2401.

프루스트와 함께하는 여름

02

어머니의 얼굴

> "허송세월했다고 생각했던 나날들,
> 좋아하는 책 한 권과 함께 보낸 나날들을 빼면
> 우리가 그토록 충만하게 살았던 유년의 나날들은 없을지도 모른다."
> ―《독서에 관하여》

프루스트에게 어린 시절 독서의 추억은 소중해서, 그는
그것을 《스완네 집 쪽으로》에 공들여 재구성한다. 그리
하여 화자는 레오니 고모 댁의 정원이나, 콩브레에 있
는 자신의 방에서 책을 읽던 그 어린 시절을 회상한다.
그가 잠들기 전 꼭 읽어야 할 조르주 상드의 소설들을
읽어주며 그를 맞이 주는 즐거움에 입문시켜준 최초의
인물이 어머니라면, 할머니는 그에게 책을 사주고 애정
어린 마음으로 책을 골라준다. 《잃어버린 시간을 찾아
서》 전편에 걸쳐 서로를 보완하고 서로 혼동되기도 하
는 이 두 여성은 화자의 소명召命에서―마르셀 프루스
트의 소명에서와 마찬가지로―대단히 중요한 역할을
맡는다.

***

　어떤 이들은 프루스트의《잃어버린 시간을 찾아서》
가 어머니에게 보내는 한 통의 장대한 편지라고 말했
다. 그리고 사실, 애초의 계획은 작가와 어머니 간의 대
화로 모든 게 시작되고 모든 게 끝나는 것이었다…. 또
다른 이들은, 반대로, 프루스트를 해방한 건 어머니의
죽음이며, 어머니가 여전히 살아 있었다면 절대 이 책
을 쓰지 못했으리라고 생각한다. 결국 작가는 창작을
통해 이 문제를 해결하는데, 그것도 한 명의 등장인물
이 아니라, 어머니와 할머니라는, 완전히 재再-상상된,
아주 다른 두 인물을 만들어내어 문제를 이중으로 해
결한다. 모성과 관련된 이 이중의 인물은 이 소설의 가
장 독창적인 점 중 하나다.

　《스완네 집 쪽으로》의 도입부는 우선 어머니에게 바
쳐진다. 화자의 고뇌가 본질적이고 근본적인 한 장면
에 요약되어 있다. 샤를 스완을 맞이하기에 바쁜 어머
니가 화자에게 "잘 자라"는 말을 해주러 오길 침대에
서 간절히 기다리는 장면이다. 몹시 고통스럽고 도무

지 상상할 수 없는 이 분리는 허구와 현실을 일치시키며, 소설가에게 그 자신의 어머니 잔 프루스트와의 관계를 되돌아보게 한다. 그는 자신이 받았던 유명한 질문지에, 그에게 "가장 큰 불행"은 "엄마와 헤어지게 되는 일"일 거라고 대답하지 않았던가?

이렇듯, 이 시작 부분은 아주 행복한 동시에―결국 어머니가 와서 그에게 입맞춤하고 함께 자기까지 하기에―, 아버지와 어머니가 그의 변덕에 굴복해서 실망스럽기도 하다. 그래서 화자는 자신의 기쁨과 안도를 길게 서술하는 대신, 이 '항복'에 대해 말하면서 자신이 앞으로 겪게 될 모든 불행의 책임을 부모님에게 돌린다.

이 소설에서 어머니가 권위적 역할을 맡는 편이라면―어머니는 화자와 질베르트 간의 사랑이 깨지는 데 한몫을 하고, 주기적으로 그에게 건강 유지에 필요한 사항들을 상기시키며, 아주 뒤에 가서는 주인공과 알베르틴의 관계를 비판한다―, 할머니는 손자를 사랑하고 이해해주며 때로는 과도하게 관용을 베푸는 역할을 맡는다. 할머니는 그의 온갖 변덕을 받아주고, 그에게 모든 것을 허용하며, 손자가 너무 지쳐 몸을 숙여 구두

끈을 묶기 힘들겠다 싶을 때는 자신이 그것을 매어주는 등, 무슨 일이든 도와준다. 아무것도 요구하지 않는 사랑, 거의 복음적인 매우 아름다운 사랑이 그들의 관계를 통해 형성된다.

화자—그리고 그의 뒤에 있는 프루스트—는 이 완전한 사랑—오이디푸스 콤플렉스의 헌신에 가까운—을 영원히 떨쳐버리지 못한다. 뒤에 가서, 할머니가 병들어 사망했을 때 특히 그렇다. 그래서 화자는 "심장의 널뜀"이라는 장면—《소돔과 고모라》 중에 나오는—에서, 무의지적 기억 현상을 통해, 자신이 정말로 할머니를 잃었으며, 무엇으로도 할머니를 돌아오게 할 수 없다는 사실을 깨닫게 된다. 할머니가 마치 유령처럼, 생생한 모습으로 그 앞에 나타나는 건 그가 할머니를 영원히 잃어버렸음을 깨닫는 바로 그 순간이다. 이 소설에서 가장 아름다운 장면 중 하나다.

흥미로운 점은 어머니가 영원히 죽지 않는 영역을 프루스트가 찾아냈다는 사실이다. 그는 할머니—죽지만 불멸의 존재로 남는—를 통해서, 그리고 소설에서는 죽지 않는 어머니라는 등장인물을 통해서, 어머니를 불멸의 존재로 만든 것이다. 어머니는 어딘가로 사라지지만, 그래도 어쩌면 여기, 페이지 뒤에 있는지도 모른다. 이렇게 우리는 어째서 문학이 운명에 대한 복수인지 알게 된다. 죽음이 우리의 운명이라면, 문학은 우리가 죽지 않는 곳이다.

《잃어버린 시간을 찾아서》의 제3권 《게르망트 쪽》에서, 화자는 동시에르에 있는 친구 생루의 집을 방문한다. 어느 날 저녁, 그는 할머니와 전화로 이야기를 나눈다. 할머니는 서둘러 돌아오지 말고 편히 지내라고 격려해준다. 하지만 문득, 화자는 수화기를 통해, 할머니와 자신이 얼마나 멀리 떨어져 있는지를 깨닫는다…. 프루스트는 세 번이나 쓴―어머니에게 보내는 편지에, 《장 상퇴유》에, 그리고 《게르망트 쪽》에―아래의 아름다운 단락으로 우리에게 사랑의 본질 그 자체를 읽게 해준다.

할머니가 내게 이곳에 좀 더 머무르라고 하자, 미칠 듯이 돌아가고 싶은 불안한 욕구가 엄습해왔다. 할머니가 내게 허용해준 이 자유, 할머니가 동의하리라곤 전혀 상상하지 못했던 이 자유가, 할머니가 돌아가신 후에 (할머니가 영원히 내 곁을 떠난 후에도 난 여전히 할머니를 사랑할 것이기에) 내가 갖게 될 자유만큼이나 별안간 슬프게 느껴졌다. 나는 "할머니, 할머니", 하고 외쳤고, 할머니의 뺨에 입을 맞추고 싶었지만, 내 곁에는 어쩌면 할머니가 돌아가신 후에 나를 찾아올 혼령처럼 손으로 만질 수 없는 유령 같은 목소리뿐이었다. "말씀하세요", 하고 외쳤으나, 갑자기 할머니의 목소리는, 나를 홀로 남겨둔 채, 들리지 않았다. 이제 할머니는 내 목소리를 듣지 못했고 나와 통화가 되지 않았으며, 우리가 서로를 보고 목소리를 듣는 것도 아니어서, 나는 어둠 속에서 더듬으며 할머니를 계속 불러댔고, 할머니가 나를 부르는 소리 역시 길을 잃고 헤매는 것만 같았다. 아주 먼 유년 시절, 어느 날 군중 속에서 할머니를 잃어버렸을 때처럼, 나는 할머니를 영영 되찾지 못할지도 모른다는 생각보다는 오히려 할머니가 나를 찾고 있고, 내가 당신을 찾고 있다고 애태우리라는 불안감에 가슴이 떨렸다. 이 불안은 이제 더는 대답할 수 없는 이에게, 우리가 지금까지 말하지 못했던 말이나 우리가 불행하지 않다는 확신을 그토록 전하고 싶은 이에게, 그런 말을 너무도 들려주고 싶은

프루스트와 함께하는 여름

날에 느낄 불안과 흡사했다. 내가 좀 전에 다른 망령들 사이로 헤매도록 방치한 것이 바로 사랑하는 이의 망령이었구나 하는 생각에, 나는 마치 홀로 남은 오르페우스가 죽은 아내의 이름을 거듭 외치듯이 홀로 전화기 앞에서 "할머니, 할머니" 하고 계속 불러보았지만 아무 소용이 없었다.[10]

10 《게르망트 쪽》, p. 849~850.

샤를 스완

> "즉시 쾌락을 얻으려는 조급한 마음에
> 우리가 놓치는 잠재적 행복이
> 얼마나 많은가!"
> – 《스완네 집 쪽으로》

기쁨은 종종 그를 우회하고, 그를 스처 지나가 버려, 절
대 그것을 붙잡지 못하리라는 것, 이것이 샤를 스완의
삶에서 반복되는 주제다. 언제나 모든 것을 망가뜨리는
어떤 불안이 있고, 그에게서 확실한 행복을 박탈하는
의심이나 의혹이 있다. 화자의 친구이자 질투하는 연인
이고, 예술 애호가이자 실패한 예술가인 이 인물은 지
금까지도 프루스트 소설의 가장 유명한 등장인물로 남
아 있다.

***

마르셀 프루스트의 동시대인들은 모두 《잃어버린

시간을 찾아서》에 '실재 인물들'이 등장하는지 알고 싶어 했다. 프루스트 자신도 개인적으로 다른 작가들의 작품을 그런 식으로 읽기도 했지만, 그는 그런 식의 독서를 지극히 피상적인 독서라고 판단했다. 소설 예술에 대한 취향을 해칠 수 있기 때문이다. 그래서 그는 실재 인물들과의 연관성을 부인했으나, 소설 끝부분에 이르러 샤를 스완 뒤에 실재 인물 샤를 아스가 있다고 털어놓았다. 오늘날에는 거의 완전히 잊혔으나, 아스는 상류층 유대인이었고 재계의 유력 인사였다. '에콜 데 보자르École des Beaux-Arts'[11]의 총감독관으로 일한 이 부유한 교양인은 기사와 책을 쓰기도 했고, 예술품 수집가로도 명성을 떨쳤다. 그러므로 프루스트는 스완이라는 등장인물을 만들기 위해 아스의 그런 주된 특징 상당수를 없애버렸다고 할 수 있다. 무엇보다 스완은 작가가 되려다가 되지 못한 인물이기 때문이다. 스완은 늘 페르메이르의 전기를 쓸 준비를 하지만 끝내 완성하지 못한다. 말하자면 프루스트는 스완을 통

---

11 국립미술학교.

해, 자신이 그려질까 봐 두려워하는 인물, 즉 글을 쓰지 못하고, 작품을 완성하지 못하는 작가를 그려낸다. 이는 사랑 문제에서도 마찬가지다. 스완은 여러 번 사랑에 빠지고 여러 번 성공하기도 하지만, 그의 주된 사랑—《스완네 집 쪽으로》의 중심 소재가 되는—은 오데트 드 크레시에를 향한 사랑인데, 결국 그는 이 행실 나쁜 여자가 "자기 취향"이 아니었다고 말한다. 프루스트는 자신의 여러 가지 괴로움을 스완에게 투영한다. 예컨대 오데트를 향한 스완의 질투심은 바로 작곡가 레날도 안에 대한 프루스트의 질투심이다. 또한 그는 스완에게 자신의 재치와 유머도 부여한다. 그래서 스완은 프루스트처럼 냉소적이고 재미있고 매력적이어서 독자들은 그를 무척 마음에 들어 하지만, 사실 그리 깊이 있는 인물은 아니다. 인간적으로는 오히려 실패한 사람, 삶에서 아무것도 이룬 게 없는 사람, 그저 양복점에나 가고, 저녁 식사를 하러 클럽에 드나들고, 자신을 속이거나 남에게 속는 사람일 뿐이다.

스완은 이 소설의 등장인물 가운데 가장 유명하지만, 프루스트는 단 한 번도 그의 신체를 온전하게 묘사하지 않는다. 이는 발자크에 대한 그의 반발이다. 우리는 어떤 사람에 대해 그의 순간적인 모습만 간직할 수 있을 뿐이며, 얼굴은 하루하루 다를 수 있다는 게 그의 생각이다. 또한 사람에 대한 관점도 끊임없이 변한다. 그래서 그는 눈의 색깔, 코와 턱의 생김새, 걸음걸이⋯ 등을 자세히 묘사하는 《인간 희극》의 저자와는 달리, 절대 전신 초상화를 그리지 않는다. 프루스트는 그런 걸 거부한다. 스완에 대해 독자들이 알게 되는 것은 단편적인 면면들, 약간 곱슬곱슬한 금빛 도는 머리카락, 매부리코, 큰 키에 호리호리한 몸매의 남자라는 것뿐이다. 독자들은 그런 방식으로 등장인물을 식별한다.

특히 샤를 스완은 뱅퇴유의 소나타를 좋아하는 인물이기도 하다. 그는 음악과 아주 특별한 관계를 맺고 있는데, 프루스트에 의하면 그것은 진짜 음악을 사랑하는 방식이 아니라 감상적인 관계. 이미 그는 《쾌락과 나날》에서, 진짜 음악이란 우리가 안으로 들어설 수 없는 음악, 자신의 감정을 빠트릴 수 없는 음악이라고 설명한 바 있다. 그러므로 스완은 뱅퇴유의 소나타를 제대로 읽지 못하는 사람이다. 프루스트의 소설에는 헤

겔의 철학에 근접하는 무언가가 있는데, 그것은 바로 지식의 습득에 몇 가지 단계가 있다는 점이다. 그 첫 번째 단계에서 우리가 예술에 흥미를 갖는 건 매우 좋은 일이지만, 그것이 단지 보티첼리의 작품에서 우리가 좋아하는 여인의 모습을 보기 위한 것이거나, 뱅퇴유의 음악에 사랑의 감정을 이입하기 위한 것이라면, 진짜로 예술가라 할 수 없고 예술이 무엇인지 제대로 이해한다고 할 수 없다는 것이다.

요컨대, 샤를 스완은 화자의 그림자 같은 존재다. 그는 화자에 앞서 사랑의 고통을 경험하게 된다. 어느 비평가는 그가 그리스도에 앞서 온 세례자 요한 같다고 말했다. 스완은 화자에게 사랑의 고통은 물론 예술의 위대함도 예고해주지만, 결국 둘 중 어느 것도 감당하지는 못한다. 그런 그와는 달리, 화자는 자신의 책을 쓰게 된다.

스완은 불행한 연인이다. 《스완네 집 쪽으로》에서 그는 생퇴베르트 후작 부인 집에 모인 사교계 인사들 무리에 둘러싸여 아주 아름다운 뱅퇴유의 소나타를 듣

프루스트와 함께하는 여름

는다. 그가 이 음악을 아는 건 오데트를 향한 그의 사랑과 연결된 것이기 때문이다. 하지만 그 음악을 다시 들었을 때, 그는 그녀를 향한 자신의 사랑이 공허한 것일 수도 있음을 깨닫는다.

그 무렵 그는 사랑으로 사는 사람의 쾌락을 맛보면서 관능적인 호기심을 채우고 있었다. 그는 그 정도로 끝낼 수 있다고, 꼭 사랑의 고통을 맛보아야만 하는 건 아니라고 생각했다. 이제 오데트의 매력은 희미한 후광처럼 그를 오래도록 붙잡아 두었던 그 무서운 공포, 매 순간 그녀가 무엇을 하고 있는지 알지 못하고, 언제 어디서나 그녀를 소유할 수 없다는 그 엄청난 고뇌에 비하면, 얼마나 하찮은 것이었던가! 아! 그는 그녀가 외치던 목소리의 억양을 떠올렸다. "전 언제라도 당신을 볼 수 있어요! 전 언제나 자유로워요!" 하지만 그녀는 결코 자유롭지 못했다. 그의 삶에 대한 그녀의 관심이나 호기심, 그녀를 그의 삶 속으로 들이는 호의를 베풀어달라던—그때는 성가신 방해물처럼 그가 두려워했던—그 열정적인 욕망이 생각났다. 그녀는 그를 베르뒤랭 집에 데려가려고 얼마나 애원했던가. 또 한 달에 한 번씩 그녀가 그의 집으로 오는 것을 허락했을 때조차도, 그녀는 그가 굴복할 때까지, 그녀가 꿈꾸는, 그러나 그에게는 그토록 귀찮은 두통거리로밖에 보이지 않은, 매일 만나는 습관이 가져다줄 행복에 대해 얼마나 여러 번 되풀이해서 말했던가! 결국 그 습관이 그에게는 물리치지 못할 괴로운 욕구가 되어버렸지만, 그녀는 오히려 싫증을 느껴 완전히 버려버리지 않았던가! 세 번째 만났을 때 그녀가 "왜 나를 좀 더 자주 오게 해주지 않는 거죠?"라고 말했을 때 그는 웃으면서 여자의 환심을 사려는 듯한 몸짓으로 "괴로워하실까 걱정돼서요"라고 대답했는데, 그때만 해도 그는 자신이 진실을 말한다는 걸 미처 깨닫지 못했다. 아! 이제는 그녀가 가끔 어느 레스토랑이나 호텔에서 그곳 상호가 인쇄된 종이에 편지를 써서 보내오는 일이 있는데, 그것은 마치 그를 불태우는 불의 글자들 같았다. "이건 부유몽 호텔에서 쓴 건가? 거긴 뭐하러 갔지? 누구랑? 거기서 무슨 일이 있었을까?" 모든 희망을 포기하고 거리를 배회하는 그림자들 사이에서 헤매다가 그녀를 만났던 날 밤의 그 이탈리앙 대로의 꺼져가던 가스등이 떠올랐다. 거의 초자연적으로 보이던 그 날 밤—그 무렵 오데트에게는 그를 만나 같이 돌아가는 것보다 더 큰 기쁨이 없다는 것을 확신할 수 있었기에, 그녀를 찾아 헤맨 것이 그녀를 언짢게 하지나 않을까 물어볼 필요조차 없었던 시절의 밤—은 사실 한 번 문이 닫히면 다시는 되돌아갈 수 없는 신비로운 세계에 속했다. 스완은 그렇게 되찾은 행복 앞에서 꼼짝도 하지 않는 한 불행한 사람을 보면서 그가 누구인지 곧바로 알아보지 못한 채 그를 가엾게 여기며 눈물 글썽이는 모습을 보이지 않으려고 시선을 떨구어야 했다. 그는 바로 자기 자신이었다.[12]

12 《스완네 집 쪽으로》, p. 278.

04
샤를뤼스 남작

> "인생에서 중요한 것은 무엇을 사랑하느냐가 아니라,
> (…) 사랑하는 것입니다."
> — 《꽃핀 소녀들의 그늘에서》

프루스트의 작품에는 사랑하는 행복에 대한 성찰이 매우 드물어 특별히 인용하지 않을 수 없다. 위 인용은 샤를뤼스 남작이 우리에게 들려주는 말로, 그는 이 소설에 등장하자마자, 라브뤼예르의 시에서 착안한 이 고상한 경구로 대번에 화자를 매혹한다…. 한데 샤를뤼스는 매혹적인 사람일 수도 있으나 또한 그만큼 불안한 인물이기도 하다. 최면을 거는 듯한 그의 시선은 사람들을 불안에 빠뜨리고, 문학적 소양도 인상적이지만, 무엇보다 그의 성적 습관은 의문스럽다…. 더구나 마르셀 프루스트가 소돔에 관한 성찰, 그가 "남색가들"—동성애자들—이라고 부르는 이들에 대한 성찰을 개진하는 것도 바로 그를 통해서다.

프루스트와 함께하는 여름

***

우선, 두 눈동자가 있다. 때로는 회피하는 듯한, 그러나 폭력이, 욕망과 탐색의 폭력이 가득 서린 이지적이고 깊은 눈동자다. 시선 묘사에 능한 프루스트는 샤를뤼스를, 마치 누가 자신을 감시하지 않는지, 혹은 경찰이 들이닥치는 건 아닌지 확인하고 싶은 사람처럼 끊임없이 좌우를 살피는 인물로, 아주 재미있게 서술한다.

다음으로는 작위, 귀족 꼬리표가 있다. 샤를뤼스는 게르망트 가문 사람으로, 게르망트 공작이 형이고, 빌파리지 부인이 숙모, 로베르 드 생루가 조카다. 본명인 팔라메드 대신 "메메" 또는 "거만한 악동"이라고 불릴 때가 많다. 그는 온갖 연회와 살롱, 야회 등에 빠짐없이 참석하는 공인이다. 그는 신체적·정신적 위엄으로 주변 사람들의 마음을 사로잡기도 하지만 또한 그만큼 독자를 주눅 들게 하기도 한다. 나는 앙드레 모루아가 내게 이 인물에 대해 한 말을 기억한다. "훌륭한 소설가는 모두 괴물을 창조했죠. 발자크는 보트렝을 창조했고. 도스토옙스키는 스타브로긴을 창조했고, 프루스트는 샤를뤼스를 창조했어요." 하지만 다행히도, 샤를뤼스는 묘한 입체감과 언행의 복잡함으로 다른 괴물들과는 확실히 구별되는 호감 가는 괴물이다.

그는 교양이 넘치는 사람이며, 젊은이들의 보호자를 자처하는 음악가이자 화가다. 그는 특히 화자를 높이 평가하고, 그를 사랑하고 있는 게 분명하다. 소설의 도입부부터 그는 "휘둥그레 뜬 눈"으로 화자를 뚫어지게 응시한다. 뒤에 가서 우리는 그것이 성적 욕망의 표현이라는 것, 멘토와 젊은 제자 간의 매우 지드[13]적인 환상이라는 것을 알게 된다. 그것은 고대 그리스의 사랑, 말하자면 미소년에게 문화와 삶의 현실을 교육해주는 성년 남자의 사랑이다.

화자—또한 프루스트—가 특히 흥미를 느끼는 것은 외양과 심층, 외양과 현실 사이의 유희다. 샤를뤼스는 외적으로는 극도로 남성적인 남자지만 내적으로는

---

13 소설가 앙드레 지드André Gide는 서른한 살 연하의 영화감독이자 사진작가인 마르크 알레그레와 동성애 관계를 맺었고, 동성애를 다루는 작품을 여럿 썼으며, 특히 《코리동Corydon》은 두 친구가 동성애에 대한 사회적 편견에 대해 논쟁하는 형식의 소설이다.

여성이다. 이 이중성은 본질 탐구에 매료된 예술가나 소설가에게 아주 흥미로운 서술 대상이다. 프루스트에 따르면, 동성애의 본질은 결국 '자웅동체 신화'다. 태곳적부터 두 반쪽으로 분리된 이 존재들, 이 두 반쪽은 서로 재결합하려고 모색한다. 샤를뤼스는 이 두 반쪽을 상징한다.

결혼 전력이 있는, 위로할 길 없는 홀아비 샤를뤼스는 남몰래 남자들을 사랑하며, 그를 통해 마르셀 프루스트는 '남색', 달리 말해 동성애라는 주제를 다룬다. 저자는 샤를뤼스가 청년 모렐과, 그리고 조끼 재단사 쥐피앵과 맺는 떠들썩한 사랑을 무대에 올리고 '소돔과 고모라'라는 제목의 놀라운 선언문을 쓰기에 이른다. 제목으로 고른 두 단어는 성경의 일화를 원용했다. '소돔'과 '고모라'는 불에 파괴된 두 고대 도시로, 그곳의 동성애자 주민들은 죽음으로 처벌받았다. 그러므로 《잃어버린 시간을 찾아서》의 이 제4권에서 소설가는 동성애자들이 어떻게 항상 박해받는 소수자였는지를 보여준다. 이 영웅적인 텍스트—프루스트가 출판사들로부터 거절당할까 봐 두려워했던—에는 이 소설에서 가장 긴 문장 중 하나도 포함되어 있다. 살기 위해 자신을 숨겨야만 하는 사람들, 가까운 지인들에게조차 자신의 내적 성향을 차마 털어놓지 못하는 사람들에 관해 얘기하는 충격적인 한 문장이다. 당시로서는 놀랍도록 대담하고 대단히 서정적인 단락이다. 동성애 성향의 작가는 프루스트 이전에도 많았으나 그만큼 용기를 보여준 이는 아무도 없었다. 왜소하고, 허약하고, 병들고, 이미 다른 많은 이유로 사람들의 비판을 받아온 그가 넓은 의미의 소수자들―병자, 유대인, 동성애자는 물론이고 어떤 면에서는 늘 이해받지 못하는 소수의 위대한 예술가들까지 포함하여―의 대변인을 자처한다.

《소돔과 고모라》의 도입부에서, 파리의 게르망트 가 저택에서 지내는 화자는 혼자 안뜰을 걷고 있는 샤를뤼스 남작을 층계에서 유심히 지켜본다⋯.

자신을 쳐다보는 사람이 아무도 없다는 생각이 든 순간, 태양을 피해 눈꺼풀을 내린 샤를뤼스 씨의 얼굴에는 평소 한담에 활기를 주고 의지의 힘을 떠받쳐주던 긴장이 풀리고 인위적인 활기도 가라앉았다. 대리석처럼 창백한 그는 코가 큼지막했고, 섬세한 이목구비는 누가 보더라도 빚은 듯한 얼굴의 아름다움을 훼손할 다른 어떤 의미도 허용하지 않았다. 그저 게르망트 가문의 한 사람으로, 이미 콩브레의 예배당에 팔라메드 15세로 조각된 사람처럼 보였다. 가족 모두가 그런 용모를 지녔지만, 샤를뤼스 씨의 얼굴에는 그런 전반적인 특징들에 조금 더 정신적인 면모가, 특히 조금 더 부드러운 섬세함이 깃들어 있었다. 그가 빌파리지 부인 댁을 나서던 그 순간 내가 본 그의 얼굴에 그토록 천진하게 퍼지던 그 상냥함과 선량함을, 왜 그가 평소에는 숱한 폭력성, 불쾌감을 주는 기이한 행동, 험담, 냉혹함, 과민 반응, 거만함 등으로 가장했는지, 왜 그것들을 인위적인 난폭함 아래 감추고 있었는지 안타까운 생각이 들었다. 그는 눈이 부신 듯 햇빛에 눈을 깜박이며 거의 미소를 짓는 것 같았는데, 그처럼 편안하고 자연스러운 얼굴에서 어딘지 다정하고 무장 해제된 모습을 보자, 만약 샤를뤼스 씨가 지금 남이 자신을 보고 있다는 사실을 안다면 얼마나 격분할까 하는 생각을 하지 않을 수 없었다. 남자다움에 그토록 열중하고, 남자다움을 그렇게나 자랑스럽게 여기며,

다른 사람들은 모두 보기 흉하게 여성화되었다고 여기는 이 남자를 보며 내가 떠올린 것, 그가 스치듯이 그런 용모와 표정과 미소를 보였기에 문득 내가 떠올린 것은, 바로 여성스러움이었으니 말이다!![14]

14 위의 책, p. 1211.

프루스트와 함께하는 여름

05

알베르틴

> "사람은 (…) 우리가 절대 안으로
> 침투할 수 없는 그림자 같은 존재다."
> ―《게르망트 쪽》

《잃어버린 시간을 찾아서》제3권《게르망트 쪽》의 도입부에서, 화자는 누군가를 진짜로 안다는 건 불가능하다는 사실을 깨닫는다. 그리하여 그는 소중한 비밀 하나를 밝힌다. 진실은 겉모습 너머에 있다는 것. 그리고 그는 발베크에서 만난 "꽃다운 소녀" 알베르틴을 통해 이를 실제로 경험한다. 그녀는 그가 사랑하는 여인이 되지만 절대 그의 연인이 되지는 않는다. 그녀는 "갇힌 여인"이나 "달아나는 여인"일 수밖에 없다.

***

《소돔과 고모라》에서 화자의 두 눈은 하늘을 나는

비행기를 뚫어지게 바라본다. 구름 뒤로 사라지는 그 '황금 날개'를 가진 물체의 실루엣이 그에게 뭐라 형언할 수 없는 슬픔을 가득 안긴다. 이 짧은 이미지는 마르셀 프루스트의 삶의 구체적인 일화 하나를 떠올리게 한다. 알베르틴 시모네의 가장 중요한 실제 모델로, 프루스트가 열렬히 사랑했던 알프레드 아고스티넬리가 비행기 사고로 사망한 사건이다.

소설가는 그를 예전에 카부르에서 만났다. 당시 그 청년은 택시 기사였는데, 세월이 한참 흐른 후 1913년에 프루스트를 찾아와 일자리를 부탁했다. 프루스트는 그에게 비서로 일해줄 것을 제안하고, 오스만 대로에 있는 자신의 아파트에서 지내게 해준다. 그런데 어느 날 아고스티넬리는 집에서 도망쳐 나와 '마르셀 스완'이라는 이름으로 비행 일을 시작한다. 이 스포츠에 푹 빠진 그는 훈련소 지침을 따르지 않고 바다 위를 비행하다가 비행기가 고장나는 바람에 물속에 추락하고 만다. 수영을 못하는 아고스티넬리는 물에 빠져 죽는다. 이미 알베르틴을 구상하고 있었던 프루스트는 이 등장인물에 아고스티넬리의 개성을 부여하기로 마음먹는다. 그의 원래 구상은 화자가 마리아라는 이름의 소녀를 열렬히 사랑하는 것이었다. 하지만 그 택시 기사와의 만남이 모든 것을 뒤집어버리게 된다.

프루스트가 실제 겪은 모든 것이 작품 속에 나타나는데, 물론 변형되긴 했으나 모든 것이 거기에 있다. 그는 그 열렬한 사랑을 되살려내기로 작정하지만, 당시 사람들이 말한 것처럼 청년이 돌연 여자가 되는 그런 단순한 전도를 시도하지는 않는다. 프루스트는 여자들을 너무나 잘 알았고, 끊임없이 여자들을 만났다. 그래서 알베르틴은 정말 여자가 맞지만 양성애자다. 그녀는 화자와 함께 살지만, 그러나 우리는 조금씩—이건 진실을 확신하지 못하는, 조금은 피란델로[15]식 세계다—그녀가 다른 여자들, 특히 화자도 아는 앙드레라는 여자, 그들이 발베크에서 알게 된 이 매력적인 젊은 아가씨와도 연애한다는 사실을 알게 된다.

발베크의 모래 언덕에서 처음으로 모습을 드러내는 알베르틴은 《잃어버린 시간을 찾아서》에 가장 빈번하

---

[15] 염세적이고 전위적인 극작품으로 세계적인 명성을 떨친 이탈리아의 소설가이자 극작가인 루이지 피란델로(1867~1936).

게 등장하는 인물이다. 그러나 역설적으로, 우리 눈앞에, 어쩌면 프루스트의 펜 아래에 그녀가 뚜렷한 형체를 드러내는 일은 자꾸만 지체된다. 그리고 끝까지 그녀는 알 수 없는 인물로 남는다. 화자는 그녀의 진실을 도무지 알지 못해 마음 깊이 괴로워하는데, 바로 그 점이 이 등장인물을 아름답게 만든다. 독자도 그녀를 어떻게 생각해야 할지 도무지 알지 못한다. 여성 동성애와 관련해서, 우리는 여기서 다시 프루스트의 대칭 취향을 보게 된다. 앞에서 '소돔'을 그렸다면, 지금은 살짝 남성적 특성을 보이는 이 젊은 여성을 통해 '고모라'를 그린다. 프로이트처럼, 프루스트도 우리가 전적으로 남성적이거나 전적으로 여성적인 건 아니라고 생각한다. 한 사람의 알베르틴이 아니라 무수한 알베르틴이 있으며, 화자가 그녀를 소유할 수 없는 건 바로 그래서다. 둘의 연애는 이루어질 수 없다. 그녀의 비밀을 간파하고 그녀를 오롯이 독점하게 되었다는 느낌이 들 때마다 그녀는 그에게서 벗어나며, 특히 잠 속으로 달아난다. 결국 이 젊은 여성은 비밀을 간직한 채 죽게 되며, 이에 화자는 그녀의 죽음 이후 특별한 조사

프루스트와 함께하는 여름

에 뛰어들지만 이렇다 할 성과를 내지는 못한다. 알베르틴의 수수께끼는 고스란히 남는다. 그녀가 여자들을 좋아했을까? 정말 남자들을 좋아한 적이 있을까? 이를 독자는 끝내 제대로 알지 못할 것이다. 사실, 알 수 없는 인물들, 자신의 비밀을 끝까지 간직하는 인물들보다 더 아름다운 등장인물은 없다. 프루스트가《펠레아스와 멜리장드》[16]를 그토록 좋아했던 것도 그래서다. 프루스트는 "우리가 진실을 늘 아는 건 아니다"라는 골로[17]의 문장을 거듭 인용하는데, 매우 단순화된 표현이기는 하지만 그것이 바로 프루스트의 진실이다. 진실은 여기에 있으나, 우리는 그것을 알지 못한다.

《잃어버린 시간을 찾아서》의 제5권《갇힌 여인》에서 알베르틴은 화자의 파리 아파트에서 살고 있다. 어느 날 저녁, 그녀는 침대에서 잠이 들고, 화자는 이때를 틈타 그녀를 관찰한다….

---

16 벨기에의 시인이자 극작가인 마테를링크의 5막 비극.
17 《펠레아스와 멜리장드》의 등장인물.

나는 알베르틴과 잡담을 나누거나 카드놀이를 하며 멋진 저녁 시간을 보내곤 했지만, 그런 시간도 그녀의 잠든 모습을 지켜볼 때만큼 감미롭지는 않았다. 수다를 떨거나 카드놀이를 할 때도 그녀는 어느 여배우도 흉내 내지 못할 자연스러운 아름다움을 보여주었지만, 그러나 잠든 그녀가 내게 선사한 것은 그보다 한결 더 심오한 자연스러움, 한 차원 높은 자연스러움이었다. 장밋빛 얼굴을 따라 흘러내린 머리카락은 침대에 누운 그녀 곁에 드리웠고, 이따금 삐져나온 한 줌의 머리카락은, 엘스티르가 그린 라파엘로 풍 그림의 배경에 우뚝 서 있는, 그 창백하고도 가냘픈 을씨년스러운 나무들과 같은 원근 효과를 자아냈다. 입술은 다물었지만, 반면에 눈꺼풀은 내가 앉은 자세 때문인지 거의 감기지 않은 듯 보여, 정말 그녀가 자고 있는지 의심스러울 정도였다. 그러나 내리감긴 눈꺼풀이 눈을 뜨면 깨어질지 모를 완벽한 연속성을 그녀의 얼굴에 유지하고 있었다. 시선이 사라지면 평소와는 다른 아름다움과 당당함이 얼굴에 나타나는 존재들이 있다. 나는 내 발치에 누워 있는 알베르틴을 눈으로 헤아려보았다. 뜻밖의 미풍에 잠시 파르르 떨리는 나뭇잎처럼, 이따금 그녀에게서 뭔가 설명할 수 없는 가벼운 흔들림이 일었다. 그녀는 손으로 머리카락을 만졌고, 원하는 대로 되지 않았는지 다시 연이은 고의의 동작으로 머리를 만졌으므로, 나는 그녀가 곧 잠에서 깨어나리라고 확신했다. 그러나 그녀는 깨지 않고 다시 잠 속으로 고요히 빠져들었다. 그때부터는 꼼짝도 하지 않았다. 가슴에 한 손을 얹고 다른 팔은 늘어뜨린 그녀의 모습이 얼마나 어린아이처럼 천진해 보였는지, 나는 그런 그녀를 보며 마치 어린아이들의 진지함과 결백함과 우아함을 볼 때처럼 웃음을 참아야 했다. 한 사람 알베르틴에게서 이미 여러 알베르틴을 알고 있던 나는, 또 다른 많은 알베르틴이 내 곁에 누워 있는 모습을 보는 듯했다. 지금껏 한 번도 보지 못했던 아치 모양의 눈썹이, 전설 속의 바닷새가 짓는 아늑한 둥지처럼 눈꺼풀의 둥근 형체를 에워싸고 있었다. 온갖 인종, 유전, 악덕이 그녀의 얼굴에서 쉬고 있었다. 그녀의 머리가 움직일 때마다 내가 생각조차 해보지 못한 새로운 여인이 창조되었다. 나는 단 한 명의 소녀가 아니라 무수히 많은 소녀를 소유하고 있는 것 같았다. 조금씩 더 깊어져 가는 숨결이 이제 그녀의 가슴을 규칙적으로 들어 올렸고, 그러자 그 위에 포개진 손과 진주 목걸이가, 마치 물결치는 대로 흔들리는 쪽배나 닻줄처럼, 같은 움직임에 다른 방식으로 움직였다. 그때 그녀의 잠이 절정에 이른 듯이 느껴져, 이제는 깊은 잠의 바다 한가운데에 잠겨버린 의식의 암초에 부딪힐 위험이 없을 것 같았으므로, 나는 결연히 침대 위로 조용히 올라가 그녀 곁에 나란히 누웠고, 한쪽 팔로 그녀의 허리를 안고 뺨과 가슴에 입을 맞추면서, 자유로운 다른 손 하나마저 그녀의 몸에 올려놓자, 그 손 역시 잠든 알베르틴의 숨결에 따라 진주 목걸이처럼 들어 올려졌고, 나 자신도 그녀의 규칙적인 움직임에 따라 가볍게 움직였다. 나는 알베르틴의 잠이라는 배에 승선했다.[18]

18 《갇힌 여인》, p. 1655~1656.

3장

프루스트와
그의 세계

– 제롬 프리외르

01

사교계 칼럼니스트 프루스트

"색깔을 두려워하는 건
옷을 입을 줄 모르는 여자들뿐이다."
– 《소돔과 고모라》

시간과 사랑에 관한 두 고찰 사이를 오가며, 마르셀 프루스트는 패션에 대한 견해를 제시하기도 한다…. 미래의 이 위대한 소설가가 고등학교 졸업 무렵에 시도한 습작도 부인들의 몸단장에 관한 글이다. 《잃어버린 시간을 찾아서》가 출간되기 훨씬 전인 1890년의 일이다…. 당시 프루스트는 사교계에 관한 글들을 써서 작은 잡지들에 발표하곤 한다. 잘 알려지지 않은 이 글들은 습작기의 그, 말하자면 살롱 모임들을 쫓아다니고, 철학적 토론보다 드레스의 장식 밑단에 더 관심을 기울이던 호기심 많고 경박한 청년 모습을 보여준다. 우리가 잘 모르는, 변신을 준비 중인 "꽃핀 프루스트"를.

**

아주 일찍부터 마르셀 프루스트는 파리의 콩도르세 고등학교 동기생들—다니엘 알레비, 자크 비제, 로베르 드레퓌스—과 함께, 언젠가는 문단에서 인정받겠다는 강렬한 욕망을 키우고 있었다. 이 '절친 패거리'는 겨우 몇 부만 유통되는 잡지들을 여러 호 제작한다. 극도로 예민하고 지나치게 머리가 좋은 청년 마르셀은 사람들을 매료하기도 하지만 그만큼 반감을 사기도 한다. 곧 그는 패거리 사이에서 "상대하기 힘든 녀석"이라는 평판을 얻는다. 많은 세월이 흐른 후, 앙드레 지드가 1913년에 갈리마르 출판사에서 그 유명한 《스완네 집 쪽으로》 원고를 받았을 때 그것을 풀어보지도 않았을 것이라는 이야기가 전해진다. 아마도 그의 눈에는 예전에 마주친 적 있는 이 사교계 청년이 재능있는 작가가 될 가능성은 없어 보였으리라고 상상해볼 수 있다.

군 복무를 마친 열아홉 살 때, 마르셀은 처음으로 '진짜' 잡지에 글을 발표한다. 콩도르세 학교 친구들과 헤어져 독자 행보에 나선다. 이 잡지 〈르 망쉬엘Le Mensuel〉

에 얽힌 이야기는 거의 알려지지 않았는데, 종종 사람들은 그가 나중에 협력한 〈르 방케Le Banquet〉지를 통해 문단에 데뷔한 것으로 오인하곤 한다. 겨우 일 년간 발간된 그 잡지는 오토 부웬스라는 인물이 혼자 운영했는데, 분명 마르셀이 그를 설득하여 함께 일하게 되었을 것이다. 두 사람은 동갑이다. 그런데 프루스트의 경력에 중요한 역할을 한 오토 부웬스는(도박 빚 때문에 1922년에 자살하면서) 곧 그의 삶에서 자취를 감추게 된다.

이 잡지에서 오토는 연극·정치·외교 분야를 전담했고, 마르셀은 이 잡지의 유일한 정기 기고자가 되어 훨씬 덜 근엄한 주제의 글들을 싣는다. 이 풋내기 작가는 관심을 공공연히 드러낸 뮤직홀과 당대 회화 외에, 여성 패션에도 열을 올린다. 1891년 3월 호에서 그는 열띤 어조로, "치마에는 (…) 호박단 안감이 들어있고", "옛 베네치아식 레이스" 장식이 달린 여성복의 "얇은 모직 천"에 관해 자세히 묘사한다.[19] 글쓰기의 즐거

---

19 마르셀 프루스트, "패션", 1891년 3월, 《되찾은 르 망쉬엘》, 제롬 프리외르 저 《프루스트 이전의 마르셀》(파리, 데 뷔스클라 출판사, 2012년)에서 재인용, p.114.

움과 감각의 즐거움을 엿볼 수 있는 글이다. 마치 자신이 패션업 종사자나 의상 디자이너라도 되는 양, 미래의 소설가는 자신의 첫 독자들을 피팅룸으로 데려간다. 벌써 그는 자신의 모델들에게 옷을 입히고 벗기는 걸 무척 즐기고 있다. 때로는 '유성', 때로는 '봅', 또 때로는 '드 브라방' 같은 필명을 써서 가면을 바꾸는 즐거움까지 만끽하면서 말이다.

프루스트가 〈르 망쉬엘〉 지에 게재한 마지막 텍스트 중 하나는 그의 글쓰기의 진화와 소재의 심화를 증언한다. '노르망디의 풍물'이라는 제목의 그 글은 《잃어버린 시간을 찾아서》의 가장 아름다운 몇 쪽을 예고할 뿐만 아니라, 매우 낭만적인 음색과 매우 내면화된 형식으로 우리의 궁금증을 자아낸다. 이 젊은 작가는, 마치 인상파 화가들이 그림을 그릴 때 하듯이, 감각과 지각과 감동을 뒤섞는다. 그는 자신의 두 눈이 본 것을 보여주려는 것이다. 처음으로 그의 본명으로 발표된 이 텍스트와 더불어, 마르셀은 우리 눈앞에서 프루스트가 된다.

며칠째 다시 청아해진 하늘이 고요한 바다를 비추는 듯해, 꼭 영혼을 비추는 눈빛 같다. 그런데 8월 말에는 해변을 떠나 들로 가는 게 우아한 일이기에, 9월에는 바다의 광란과 평온을 즐기는 사람이 아무도 없다. 그러나 나는 그러고 싶어서 들이 바다와 가까운 그런 해변을 종종 찾는다. 예컨대 트루빌 위쪽 해변이 그렇다. 나는 노르망디에서 가을을 보낼 수 있는 사람이 부럽다. 생각하고 느낄 줄 아는 사람이라면 말이다. 그 땅은 절대 겨울에도 추운 법이 없고, 한 치의 빈틈도 없이 자연적으로 풀이 우거져 더없이 푸르고, 언덕 너머까지 나무가 정겹게 정돈되어, 나무 우거진 세례반이라 불린다. 정돈된 테이블에서 황차가 김을 모락모락 피우고 있는 테라스에 자리하면, '바다 위에서 빛나는 태양'과 다가오는 범선들, '떠나는 사람들, 욕망하고 갈망하는 힘을 아직 품은 사람들의 그 모든 움직임'을 볼 수 있다. 온갖 식물들에 둘러싸여 참으로 평화롭고 감미로운 그 환경에서, 고요한 바다를, 또는 폭풍우가 몰아치는 바다를, 그리고 바람에 하얀 갈기를 휘날리는 사자처럼 솟구치는 새하얀 거품과 갈매기를 왕관처럼 인 파도를 볼 수 있다. 그런데 달은 낮 동안엔 아무에게도 보이지 않지만, 그 경이로운 눈길로 내내 파도를 흔들어 조련하고, 돌격

해오면 돌연 멈춰 세우고, 다시 자극하고 또다시 물러나게 하는데, 그건 아마도 바다의 하늘을 수놓은 신비로운 왕자들인 별들의 울적한 시간을 달래주려는 것이리라. 노르망디에 사는 이는 이 모든 것을 보고, 낮에는 바닷가로 내려가 사람 영혼의 격정에 박자 맞춰 우는 바다의 흐느낌을 듣는다. 창조된 세상에서 이 바다는 음악과 같다. 물질적인 건 조금도 보여주지 않고, 그 자체로 설명적이지도 않지만, 야심 만만했다가 시들곤 하는 어떤 의지의 단조로운 노래 같으니 말이다.[20]

---

20 마르셀 프루스트, "노르망디의 풍물", 《되찾은 르 망쉬엘》, p.133~134.

02

사교계 비평가 프루스트

"이 세계가 이래요,
서로 보지도 않고, 하고 싶은 말도 하지 않죠,
사실 그건 어디나 마찬가지예요, 인생도 그렇지요."
— 《소돔과 고모라》

게르망트 부인이 프로베르빌 씨에게 하는 이 말은 신랄함을 가득 품은, 명백한 사실이다. 이 두 속물은 《잃어버린 시간을 찾아서》의 사회적 무대에 등장하는 다른 5백여 명과 함께, 문제의 그 '세계'에 속해 있다… 소설가는 우리를 당시의 귀족적인 문학 살롱들 속으로 끌어들여 그 무대를 발견하게 해준다. 거기에 초대된 손님들은 대개 정치나 음악, 회화 등에 관해 의견을 나누지만, 옆자리 공작부인의 모자나 드레스를 비판하기도 한다. 청년 마르셀은 그런 사교 장소들에서 사람들과 친하게 어울릴 수 있었다면, 어른 프루스트는 관찰자이자 조롱꾼으로 그곳에 대해 흥미진진한 비평을 썼다.

＊＊＊

　프루스트는 그의 작품을 진짜로 읽어보지 않은 사람들이 상상하듯이 섬세한 속물 작가인 것만은 아니다. 그는 재미나고 잔인한 저자이기도 하다. 그에게는 비범한 시정과 지극히 예민한 감성 외에도 우리가 늘 염두에 두어야 할 기이함의 차원이 있다. 비록 프루스트가 일부 현대 예술에 대해 매우 둔감하긴 했으나,《잃어버린 시간을 찾아서》가 입체파 회화와 동시대의 작품임을 잊어서는 안 된다. 그는 안과 밖에 동시에 있으려고 애쓰는 사람이다. 자신의 기질 전체가 오롯이 속하는 세계 속에 끼어들어 관찰하는 자인 동시에 관찰당하는 자가 되려 하고, 그 세계의 규칙과 법규를 즐기는 동시에, 비밀로 간직하려는 것이 없기에 그만큼 더 신랄하게 그 사회를 비판하려 한다. 무엇도 그에게서 벗어나지 못한다.

　그런데 프루스트는 초상화가일 뿐 아니라, 특히 인류학자이자 곤충학자이기도 하다. 그의 친구 자크 포렐은 말했다. "어떤 저자도 자신의 등장인물들에 대해 그처럼 가혹한 동시에 동정적이지 않았다. 그는 그들을 토끼 가죽 벗기듯 까뒤집지만 그러기에 앞서 그들을 미친 듯이 사랑하기에 갑자기, 그 저주받은 인물들은 그의 펜 끝에서 터무니없이 거대하게 그려지는 것이다. 마치 숭배자가 두 팔로 그 인물들을 들어 올리는 것만 같다."[21] 그의 세계에는 모든 것이 이처럼 사냥꾼의 이중적인 충동 속에 있다. 프루스트의 작품에서 가장 크게 울리는 것이 바로 이것이다. 그렇지 않았다면, 그가 속한 사회, 솔직히 오늘날과는 너무나 동떨어진 사회를 충실히 그리는 이 화가는 아마도 완전히 유행에 뒤진, 완전히 시대에 뒤떨어진 작가가 되었을 것이다….

그가 묘사하는 사회는 매우 폐쇄적이다. 제2 제정기에 대한 모방과 향수, 당시의 특권들에 대한 미련에 틀어박힌, 생존자들의 사회다. 어떤 동화 속 세계를 현실적으로 설정한 것 같다. 그것을 상상하려면 페데리코 펠리니의 영화를 떠올려보아야 할 것이다. 프루스트에게서도 펠리니의 영화처럼 시선의 과도함이, 집요한

---

21 자크 포렐, 《레잔의 아들》(1951년), 제롬 프리외르.

주의력이 폭발한다. 공작부인·백작부인·남작 등만 그의 흥미를 끄는 것이 아니라, 하인·시종·수위도 그들 못지않게 그의 주의를 끈다. 그는 잠시도 가만히 있지 못하고 동시에 모든 곳에 있으려 한다.

가까운 지인들이 그에 대해 한 얘기를 들어보면, 분명한 건 프루스트가 아주 재미있는 사람이었다는 것이다. 그는 장난을 아주 좋아했다. 놀라울 만큼 흉내도 잘 냈다. 키득거리며 웃지 않고는 사람들 앞에서 자기 작품을 단 한 페이지도 읽을 수 없었다. 스스로 무게를 잡지 않기에 프루스트는 다른 사람들을 그토록 잘 통찰할 수 있었다.

프루스트는 그저 속물이 아니라, 언제나 대단히 감성적이었고, 대단히 내향적인 사람이었다. 그는 《갇힌 여인》에서, 속물근성은 영혼의 심각한 질병이지만 "영혼을 완전히 망가뜨리지는 않는다"라고 쓴다. 그러니까 속물들에게는 어떤 균열이 있는데, 프루스트는 변장 취미라든가 과도한 사교 유희 못지않게, 언제나 그런 균열에도 관심을 쏟는다.

그 세계를 바라보는 비범하도록 예리한 그의 시선,

이런저런 사람들이 지닌 결점들에 끌리는 그의 성향은 놀라운 자기 성찰 역량과 연관되어 있다. 그가 사랑, 우정, 욕망, 질투, 상실, 기억 등에 관해 쓴 것이 오늘날까지도 여전히 가장 총체적이고 충격적인 글로 여겨지는 것은 바로 그래서다.

프루스트가 '사교계' 작가가 되기에 이른 건 무한히 많은 세계를 산 덕분이며, 그 세계들에서 우리는 오랜 세월이 흐른 지금도 여전히, 가면들 너머로, 우리 자신을 발견하게 된다.

"스완의 사랑"에서 마르셀 프루스트는 매일 저녁 한 무리의 충실한 '신도들'에 둘러싸여 지내는 전형적인 사교계 여인 베르뒤랭 부인에 대한 묘사를 즐긴다. 권위적이면서도 명랑한 그녀는 자신의 살롱에서 여왕처럼 군림하지만, 턱이—지난날의 어떤 불상사로 인해—말 그대로 빠져버린 후로는 너무 많이 웃지 않도록 조심해야만 한다….

베르뒤랭 부인은 스웨덴 출신의 바이올리니스트가 선사한,

니스 칠이 된 높다란 전나무 의자에 앉아 있었는데, 그 의자는 등받이가 없는 걸상 모양이어서 그녀가 가진 아름다운 고가구들과는 어울리지 않았으나, 그녀는 신도들이 때때로 보내는 선물을, 보낸 사람이 나중에 와서 알아보고 기뻐하도록 눈에 띄는 곳에 두려 했다. 조금 지나면 없어지는 꽃이나 사탕이면 좋겠다고 거듭 설득해보았지만 별 소득이 없어서, 그녀 집은 발 보온기, 방석, 괘종시계, 병풍, 기압계, 도자기 꽃병 등, 똑같은 물건들과 잡다한 새해 선물들을 모아둔 저장소가 되었다.

그 높은 자리에서 부인은 신도들의 대화에 활발하게 끼어들어 그들의 '짓궂은 농담'을 즐겼는데, 사고로 턱을 다친 뒤로는 실제로 웃음을 터뜨리는 건 포기하고, 대신 피로와 위험이 따르지 않으면서도 자신이 눈물 나도록 웃고 있음을 의미하는 일종의 상투적인 표정을 지었다. 어느 단골손님이 따분한 자에게나, 아니면 따분한 자들의 진영으로 밀려난 과거 단골손님에게 한마디 내뱉으면―베르뒤랭 씨는 오래전부터 아내 못지않게 상냥하다고 자부해왔으나 진짜로 웃음을 터뜨리면 금세 숨이 가빠져, 연이어 폭소를 꾸며내는 그 계략에 절망적이게도 따라잡히고 굴복했으며―부인은 짧은 비명을 토하곤, 백내장이 시야를 가리기 시작한 새처럼 눈을 감고는, 돌연 어떤 외설적인 광경이나 치명적인 타격을 피할 시간밖에 없다는 듯 아무것도 보이지 않도록 자신의 얼굴을 두 손으로 완전히 가리고는 웃음을 억누르거나 참으려고 애를 썼는데, 행여라도 웃음이 터졌더라면 아마도 그녀는 정신을 잃게 되었을 것이다. 그렇게 신도들의 유쾌함에 얼이 빠지고, 동지애와 험담과 찬동에 취한 베르뒤랭 부인은 따뜻한 포도주에 담긴 모이를 쪼아먹는 새처럼 자신의 높은 횃대 위에 앉아, 상냥한 마음에서 우러나는 눈물을 흘리곤 했다.[22]

22 《스완네 집 쪽으로》, p. 170.

03

프루스트의 숨겨진 얼굴

> "우리의 사회적 인격은
> 타인들의 생각이 만들어낸 것이다."
> ─《스완네 집 쪽으로》

오늘날의 우리 독자들이 마르셀 프루스트와 맺는 관계를, 그의 작품, 그의 전설과 맺는 관계를 이보다 더 적확하게 규정하는 말은 없다. 프루스트의 사회적 인격─그의 인격 그 자체─, 우리는 그것을 만들어냈고, 지금도 만들어내고 있는데, 이는 화자가《잃어버린 시간을 찾아서》의 도입부에서, 모든 사람이 샤를 스완에 대해 어떤 '관념'을 품지만 실제로 그를 아는 사람은 아무도 없다는 사실을 깨닫는 것과 같다…. 프루스트에 대한 여러 일화가 떠돌아다니며 우리의 뇌리를 사로잡고 있다─ 그가 어머니를 깊이 사랑했고 자신의 성性에 의문을 품었던, 천식 환자에 화를 잘 내는 속물이었다는 것이다…. 그런데 그는 정말 어떤 사람이었을까? 그의 매

끈한 얼굴, 어두운 눈길, 잘 빗은 머리는 무엇을 감추고 있을까? 지금까지도 우리가 모르는 다른 프루스트가 있을까?

***

모든 것은 목소리, 알려지지 않은 그의 목소리의 수수께끼로 시작된다. 그의 목소리는 어땠을까? 한 세기도 더 전에 마이크로폰에 녹음된 기욤 아폴리네르의 목소리와 비슷했을까? 그의 친구 장 콕토가 기가 막히게 잘 흉내 내곤 했던 예스러운 목소리, 솜에 싸인 듯한 목소리. 우리는 그 목소리를 키득거리며 웃거나, 얘기할 때 손으로 얼굴을 가리는 작가의 이미지들과 결부시켜, 상상하거나 짐작할 수 있을 뿐이다…. 나는 나의 책 《유령 프루스트》에서, 샤샤 기트리의 놀라운 영화 〈우리나라 사람들〉[23]에 나오는 로댕, 옥타브 미르보, 모네, 생상스, 르누아르 같은 몇몇 동시대인들처럼, 그

---

23 1915년에 나온 프랑스 다큐멘터리 영화로 당대의 위대한 인물 11명을 조명했다.

도 영상으로 촬영되었었다는 상상을 감히 해보기도 했다. 다행히 우리에게는 적어도 그의 희귀한 사진 몇 장이 남아 있다.

알베르틴이 그렇듯이, 마르셀 프루스트는 달아나는 인간이다. 우리는 그를 뒤쫓아 가지만 그는 끊임없이 우리에게서 벗어난다. 그래서 나는 내가 아주 오래전부터 알았다고 믿은 이 비범한 작가를 찾아 길을 떠났고, 탐정처럼 그를 뒤쫓으며, 전기들이 종종 한쪽으로 제쳐놓는 세부 사실들이나 순간들에 주의를 기울였다…. 그 책들은 분명 매우 훌륭한 전기이며, 내가 쓴 책[24]은 그 전기들과 경쟁하려는 게 아니다. 내가 프루스트의 그림자를 포착하는 데 도움을 준 책들이기에 더더욱 그렇다. 하지만 나는 그 전기들이 끝나는 지점, 그의 장례식에서 시작하고 싶었다. 나는 그 장례 행렬을 재구성했다. 레옹 도데, 콕토, 라디게는 물론 마야콥스키까지 한자리에 모이게 한 파리의 일대 사건이었으니 말이다. 나는 프루스트가 자주 찾았던 장소들에 다

---

24 제롬 프리외르. 《유령 프루스트》. "문인들의 서재" 총서(갈리마르 출판사. 2001년/ "폴리오" 총서로 재출간. 2006년).

시 가보고, 오스만 대로의 그 텅 빈 아파트도 방문해보고, 마들렌 광장에서 아플랭 길까지, 사라져버린 '그의 파리'의 잔해들을 통해 그의 흔적들을 따라 걷고 싶었다. 그의 친구들을 찾아가 만나보고, 그들의 추억 보따리를 뒤적거리며, 그들이 알았던 그를 되찾고, 그가 어떻게 살았는지 알아보려 했다─ 그의 기벽, 말버릇, 착란적 기억, 족보에 대한 집착, 험담 수집, 그가 팁이나 선물에 지출한 천문학적인 액수 등….

　프루스트는 너그러운 사람이었으나, 다른 한편, 몇몇 초상화가 우리에게 보여주는 매끄럽고 싱거운 이미지와는 매우 달리, 사납고, 변덕스럽고, 사귀기 힘든 사람이기도 했다. 그의 가정부였던 셀레스트 알바레는 멋진 회고록 《나의 프루스트 씨》에서 심지어 그의 '횡포'에 대해 말하기도 했다. 그의 질투는 가히 질투의 달인이라고 할 만큼 널리 알려져 있으나, 그의 살해 충동은 행간에 숨겨져 있다.[25] 만약 그가 《잃어버린 시간을 찾아서》의 마지막 단어를 쓴 직후인 1922년 11월 18일에

---

25 최근에는 디안 드 마르주리도 《프루스트와 어둠》(알뱅 미셸 출판사, 2010년)에서 이런 점을 밝히고 있다.

51세의 나이로 죽지 않았다면 어떻게 되었을까? 아마도 그는 전쟁 전에 출간된 제1권《스완네 집 쪽으로》를 재검토하고 수정했을 것이다. 그가 다른 시대를 살았더라면, 그의 작품이 그를 집어삼키지 않았다면, 늘 그가 원고 뭉치로 뒤덮인 침대에 누워 지내지 않았다면, 그의 운명은 어떻게 되었을까?

프루스트는 문학을 구현한다. 그는 인격화된 '인간-책'이며, 밤에 글을 쓰고 낮에 자며 시간의 주기를 교란하기 시작한 자다. 죽기 한 해 전인 1921년 여름, 그는 무더위를 원망하면서도 천식 때문에 파리를 떠나지 못한 채, 담요 일곱 장을 덮고, 뜨거운 물병 두 개와 코트 한 벌로 몸을 덥히며 글을 쓴다…. 그의 생체 에너지가 말 그대로 몽땅 글 쓰는 행위에 투입되었다. 프루스트는 스스로 전설의 인물로 변신했다.

애초부터 프루스트는 자신의 악덕과 미덕을 아주 잘 알고 있었다. 청춘기인 1888년에 친구 로베르 드레퓌스에게 보낸 아래의 약탈적인 자화상이 그걸 증언해준다. 당시 그는 겨우 열일곱 살이었다.

프루스트와 함께하는 여름

소중한 친구여(여기서 그는 로베르 드레퓌스를 여성형으로 지칭한다), 그대는 X를, 그러니까 M. P.를 아나? 고백하지만 나는 그자가 좀 마음에 들지 않아. 끊임없이 흥분하고, 바쁜 체하고, 열정도 지나치고, 그가 쓰는 형용사들도 마음에 들지 않아. 무엇보다 내 눈엔 그가 미쳤거나, 가식적인 인간으로 보여. 한 번 직접 판단해봐. 그런 사람을 나는 고백을 일삼는 사람이라 불러. 일주일만 지나면 그자는 네게 깊은 우정을 느끼고 있다고 말할 테고. 아버지를 사랑하듯 친구를 사랑한다고 내세우면서 실은 여자를 사랑하듯 사랑한다고 넌지시 알려줄 거란 말이지(…). 조롱하거나 한껏 멋 부려서 말하거나 모작을 한다는 핑계로 네 눈이 정말 멋지고, 네 입술이 자신을 유혹한다고 암시를 할 테고. 내 소중한 친구여, 불쾌한 건, 그자가 애지중지하던 B를 떠나면서 D의 비위를 맞출 테고, 곧 D도 버리고 E의 발밑에 엎드렸다가 이내 F의 무릎에 안길 거라는 점이야. 그자는… 호… (호모?), 미친놈, 난봉꾼, 멍청이일까? 우리는 결코 그걸 알지 못할 거라는 게 내 생각이야. 요컨대 그자는 어쩌면 넷 다일지도 모르지.[26]

---

26 마르셀 프루스트, "로베르 드레퓌스에게 보낸 편지", 1888년 9월, 서간집 제1권 (1880~1895), 필립 콜 (플롱 출판사, 1970).

4장

사랑

- 니콜라 그리말디

01

독자의 초상

"우리는 사랑하자마자 아무도 사랑하지 않게 된다."
－《스완네 집 쪽으로》

심장의 널뜀은《잃어버린 시간을 찾아서》에서 중심 자리를 차지한다. 인물들은 사랑에 빠지고 차례차례 열광하고, 불안해하고, 질투하고, 불행해지고, 때로는 절망한다. 그들 중 누구도 자신의 감정을 온전히 누리지 못한다. 프루스트의 작품에서 사랑은 그렇게 흘러간다. 그것은 죽음을 선고받은 감정 폭발이고, 절망이 되고 말 희망이다.

***

"사랑한다는 것은 우리를 사랑하는 사랑스러운 대상을 모든 감각을 통해, 그리고 가능한 한 가까이에서 보고 만지고 느끼는 즐거움을 누리는 것"이라고, 스탕달은 말했다. 그런데 이는 프루스트가 묘사한 것과 더없이 상반된다. 스탕달이 말하는 "결정작용"이라는 현상은 프루스트가 우리에게 보여주는 분석들을 예견한 듯 보인다. 프루스트는 우리가 누군가에 대해 품는 사랑에서 그 인물은 조금도 중요치 않다고 말한다. 우리가 그 사람에 대해 사랑하는 건 우리 상상의 창작물일 뿐이기 때문이라는 것이다. 그런데 우리가 한 여자에 대해 사랑하는 것이 모두 상상일 뿐이라면, 당연히 그녀의 존재는 그녀의 부재가 우리를 꿈꾸게 해주었던 것에 환멸을 느끼게 할 뿐이다. 스탕달의 경우, 사랑이 우리에게 안긴 기대를 존재가 채워줄 수 있다면, 프루스트의 경우, 사랑하는 사람의 존재는 지각된 현실과 상상한 비현실을 가르는 확고한 거리를 한층 더 느끼게 할 뿐이다. 결과적으로 우리는 사랑하는 사람을 포착할 수 없다고 느끼며 괴로워한다. 혹은, 우리가 포착한 사람이 우리가 상상했던 것과 아주 다르다고 느끼며 괴로워한다. 그러므로 행복한 사랑이란 없다. 우리는 우리가 욕망하는 것을 소유하지 못해 괴로워하든지 우리가 소유한 것을 욕망하지 못해 괴로워한다.

그런데도 사랑은 《잃어버린 시간을 찾아서》에서 가장 자주 사용되는 말이다. 엄밀하게 어휘적 관점에서 본다면, 사랑을 이 작품의 중심 주제라고 해도 틀린 말은 아닐 것이다. 하지만 이 작품이 사랑만큼이나 자주 실망에 대해 다룬다는 점을 면밀하게 들여다보면 그 말은 이내 수정되어야 할 것이다. 프루스트는 말한다. "사랑은 상호적 고문이다." 우리가 사랑을, 한 인간이 끊임없이 불러일으키는 감탄으로, 상대의 감탄을 유발하기 위해서라면 목숨까지 기꺼이 내놓을 정도의 감탄으로 이해한다면, 이 책에서는 그런 사랑을 단 하나도 찾지 못할 것이다. 프루스트에게 사랑은 우리가 다가 갈수록 달아나는 행복을 기다리는 일이다. 어떤 사람의 필요성을 느끼게 해주는 건 오직 그 사람의 부재뿐이다. 그러나 그 사람이 곁에 존재하기만 해도 우리가 무엇 때문에 그 사람을 갈망했는지 이해할 수 없게 된다. 그러니까 프루스트의 세계에서 끊임없이 나를 매료한 세 가지 주제는 기대, 실망, 상상의 매혹이다. 세 번째 주제가 앞의 두 주제를 이어준다.

내가 보기에 프루스트의 세계에서 가장 본질적이고 가장 근원적인 경험은 표상과 연결된 분리 경험이다. 그는 자신을 둘러싸는 것들과 어떤 친밀감을 느끼길 기대한다. 그는 소설을 읽을 때 인물들의 삶에 가담하고 있다고 느끼는 것만큼이나 강렬히 현실에 가담하고 있다고 느끼고 싶어 한다. 프루스트 세계에는 이보다 더 한결같은 기대가, 한결같이 실망하게 되는 기대가 없다.

이런 기대와 실망은 표상의 구조와 연계된 것처럼 보인다. 표상하는 것에서 의식을 배제하는 것이 바로 표상의 속성이기 때문이다. 표상은 주체와 대상 사이에 거리를 둠으로써 주체를 대상과 영구히 떨어뜨린다. 따라서 화자가 불가사의한 소외감과 동시에 근접성을 느끼는 일은 없다. 그로 인해 프루스트의 세계에는 현실을 가까이 스치면서도 결코 그 속으로 파고들지 못하는 항구적인 욕구불만이 있다. 표상은 그런 식으로 우리에게 관음자의 역할을 할당한다. 《스완네 집 쪽으로》의 도입부부터 화자는 유배 같은 경험에 대해 이렇게 쓴다. "외부의 어떤 대상을 볼 때면 내가 그것을 본다는 의식이 나와 대상 사이에 끼어들고 얇은 테두리로 둘러싸서 그 물체를 절대로 직접 접촉하지 못하게 가로막았다." 따라서 세상과 타인들은 그에게 단지 구경거리로 보일 뿐이다. 지켜보는 건 허락되지만 가담하는 건 금지된 구경거리로.

그러므로 그가 지각하는 현실은 그에게 외적이고, 불가사의하고, 생소하게 남는 반면, 그가 상상하는 것은 더없이 강렬하게 느껴진다. 프루스트의 세계에서 상상은 그 어떤 오래된 지각의 찌꺼기나 잔재가 아니기 때문이다. 상상은 고전 철학자들의 경우처럼 어떤 대상을 그것의 부재 상태에서 그려보는 것이 아니다. 오히려 상상은 우리가 떠올리는 것을 현재화한다. 상상은 대상을 재연해 현재로 만든다. 속으로 그것을 모방해 재연한다. 우리는 스스로 상상하려고 애쓰는 것을 우리 자신으로부터, 우리의 온 존재로부터 끌어낸다. 바로 이런 이유로 프루스트의 세계에서는 우리가 관찰하며 감내하는 (외적) 현실보다 우리가 불러일으키는 (내적) 현실에서 더 강렬함을 발견하는 것이다.

《스완네 집 쪽으로》에서 마르셀 프루스트는 이런 상상 작용에 관한 의미심장하면서도 감동적인 한 가지 예를 제시한다. 그는 탕송빌 길을 따라가며 내내 감탄했던 산사나무들이 5월에 성당을 장식하고 꾸미고 있는 걸 보고 경탄했다. 그러나 그가 아무리 끈질기고 집요하게 관찰하며 감탄한들 그 나무들은 제 비밀을 간직한 채 그에겐 하나의 외부 장식물로 남을 뿐이다. 그는 오직 독자가 등장인물들의 삶을 상상하는 방식으로, 다시 말해 그것을 내부적으로 모방함으로써, 그 나무들의 일생을 상상하며 강렬한 현실감을 느끼게 될 것이다.

내가 산사나무를 좋아하기 시작한 것이 성모성월이었던 걸로 기억한다. 그 꽃가지는 매우 성스러움에도 우리가 드나들 수 있는 성당 안 제대 위에 놓인 채 미사에 참여하고 있어 제례의 신비와 따로 떼어놓을 수 없었는데, 축일을 위해 수평으로 다듬어 엮은 가지들이 촛대와 성스러운 집기들 사이로 길게 뻗어나가 마치 신부의 옷자락마냥 눈부시게 새하얀 작은 꽃봉오리들을 꽃줄 모양으로 풍성하게 달고 있어 한층 돋보

프루스트와 함께하는 여름

였다. 그러나 나는 감히 그 가지들을 똑바로 보지 못하고 남몰래 바라보았는데, 그 화려한 장식은 살아 있는 것만 같았고, 자연이 손수 잎 가장자리를 들쭉날쭉하게 자르고, 그 하얀 봉오리들을 최상의 장식으로 더해 대중의 기쁨이자 신비스러운 장엄함에 걸맞은 장식물로 만들어주고 있는 것 같았다. 더 위쪽에는 꽃부리들이 무심한 듯 우아하게 여기저기 활짝 열려 있었는데, 거미줄처럼 가녀린 수술 다발을 뽀얀 마지막 장식으로 무심한 듯 더해 전체가 안개처럼 보여서, 나는 그 개화의 몸짓을 마음속으로 흉내 내며 그것이 주의 산만하고 발랄한 새하얀 소녀가 눈을 가늘게 뜨고 교태 어린 눈빛으로 빠르고 경박하게 머리를 흔드는 모습 같다고 상상했다. **27**

---

27 《스완네 집 쪽으로》, p. 96~97.

욕망

"사랑은 (…) 아직 정복해야 할 부분이 남아 있어야만
생겨나고 존속한다."
— 《갇힌 여인》

발베크에서 만난 알베르틴을 유혹해 키스를 나눈 화자
는 그녀가 자신에게서 멀어질지도 모른다는 생각을 견
디지 못해 파리의 자기 집에 와서 머물라고 청한다. 알
베르틴은 받아들이지만, 그러자 주인공의 욕망이 갑자
기 사그라진다…. 마침내 소원이 이루어지자 그녀를 향
해 피어나던 사랑이 식고 마는 것이다…. 이렇게, 프루
스트는 한 페이지 한 페이지 나아가면서 욕망을 자기
책의 근본 문제로 다루며 이 정념의 다양한 면면과 결
과를 껍질 벗기듯 분석한다.

***

욕망에 관해서는 첫 번째 정리가 다른 모든 정리를 지배하는데, 즉, 우리가 어떤 사람을 욕망하는 건 그 사람 자체 때문이 아니라 우리가 그 사람을 멀고 경이롭고 파악하기 힘든 존재로 상상하기 때문이라는 것이다. 그 사람에게 우리의 환상을 덧붙여 그 사람을 갈망할 만하게 만드는 건 우리의 상상이다. 따라서 프루스트의 세계에서 욕망은 타인과 맺는 관계의 형태를 표현하는 게 아니라, 타인에 대한 환상적 기대를 표현할 뿐이다. 화자가 알지도 못하는 사람일 뿐 아니라 한 번도 본 적조차 없는 사람과 미칠 듯이 사랑에 빠졌다고 주저 없이 선언한다는 것이 그 증거다. 퓌트뷔스 남작 부인의 몸종인 오르주빌 양, 또는 그가 신문의 사교계 소식란에서 이름을 읽은 것만으로도 사랑받고 싶었던 젊은 아가씨들의 경우가 그렇다.

프루스트의 세계에서 욕망은 일반적으로 두 가지 열망 또는 두 가지 경향을 표현한다. 때로 욕망은 마치 영토를 점령하듯이 다른 누군가를 정복하길 열망한다.

화자는 상대를 감탄하게 하고 매료해 자신을 잊지 못하게 만들고 싶어 한다. 그의 이미지는 다른 사람에게 강한 인상을 남기고 고착되어 영원히 새겨지게 될 것이다. 그 사람은 그 이미지와 떨어질 수 없게 될 것이다. 떼려야 뗄 수 없게 되어 그 사람은 그 이미지를 생각하지 않고는 자신을 생각할 수조차 없을 것이다. 모든 표상의 환상이 이러하다. 대상이 한 주체를 위해서만 존재하듯이, 주체에게 영향을 미치지 않는 그 어떤 것도 그 주체에게는 존재하지 않는다. 다른 사람의 의식에 영향을 미치고, 호기심을 불러일으키고, 강박적으로 사로잡는 것이 그 사람 안에 존재하도록 보장받는 일이다. 그래서 젊은 화자는 사랑하기보다는 사랑받기를 더 갈망한다. 사랑받는다는 건 자신의 존재를 타인의 존재에 동여매는 것이기 때문이다. 그렇게 그는 어느 젊은 여자와 마주치기만 하면 그녀가 그를 더는 잊지 못할 정도로 각인되길 갈망하게 된다.

때로 욕망은 우리가 실존의 모든 풍미를 음미하고, 그 모든 색조를 느끼고 가능성을 남김없이 시도해보길 갈망하도록 이끈다. 그래서 프루스트의 인물들은 사랑에 기대어 전혀 다른 세계에 뛰어들고, 더없이 강렬한 지각 방식으로 그곳을 탐색한다. 그들에게 사랑은 그런 탐색의 기회다. 화자가 질베르트에게서 베르고트의 시적 영감으로 변모된 존재를 상상하듯이, 생루는 라셸이 자신을 예술과 사상의 아찔한 전위적 활동에 입문시켜 주리라 상상한다. 따라서 스완은 오데트가 콰트로첸토[28]의 피렌체 세계 및 보티첼리의 감수성과 한층 더 친밀해지길 기대했다. 마찬가지로 우리는 화자가 유제품 파는 아가씨들, 시골 소녀들, 점원들, 또는 감상적인 소녀들로부터 사랑받고, 그들의 삶을 자기 삶에 병합하고 그들을 통해 여러 세계와 생각지도 못한 삶의 방식들을 발견하길 갈망하는 것을 본다. 이런 점에서 그가 사랑에 기대하는 것은 예술이나 여행에서 기대하는 것과 거의 다르지 않다.

그렇지만 코타르를 자극하거나 르그랑댕을, 그의 누이(캉브르메르 후작부인)를, 혹은 베르뒤랭 부부를 사로잡는 건 전혀 다른 유형의 욕망이다. 이들 모두가 표상의

---

28 15세기 초, 이탈리아 중부와 북부를 중심으로 일어난 초기 르네상스 시대양식과 시대개념을 가리킨다.

세계 속에서 살거나, 저마다 자신을 남들에게 보이리라 상상하는 모습으로 생각한다. 저마다 다른 사람들에게 제공한다고 생각하는 이미지 안에서 산다. 이것이 속물근성을 이룬다. 모두가 실제 자신의 모습이라고 확신하기 어려운 모습으로 보이려는 욕망에 사로잡혀 사는 것이다. 게르망트 공작부인이 갈망하는 건 오직 하나뿐이다. 비교 불가능한 존재가 되는 것이다. 노르푸아 씨는 꼭 필요한 사람처럼 보이기만 갈망할 뿐이다. 베르뒤랭 부인은 캉브르메르 부인처럼 예술의 첨봉에 서 있는 것처럼 보이길 갈망한다. 사실 두 사람이 갈망하는 건 하나뿐이다. 사람들을 놀라게 하고, 혼비백산, 대경실색하게 하고, 자신들이 선망의 대상이자 동시에 범접하지 못할 영역에 속한다고 믿게 하려는 것이다.

그러나 가장 집요한 욕망은 우리가 갑자기 잃어버린 사람을 다시 만나지 못한다는 불안이 불러일으키는 욕망이다. 그런데 우리는 누군가를 사랑했기 때문에 상실감을 느끼는 것이 아니라, 그 사람을 잃었기 때문에 사랑하기 시작한다. 불안의 죔쇠가 바로 그러해서 스완이나 화자는 그 죔쇠에 으깨지지 않기 위해 그 사람을 되찾을 필요를 느낀다. 그러므로 그들이 사랑이라고 여기는 것은 더는 고통받지 않으려는 억압적인 욕망이다. 그런데 부재를 견디기 힘들다고 느끼는 것과 존재를 갈망하는 것 사이에는 큰 차이가 있다. 프루스트의 세계에서 사랑의 모든 비극은 이 혼동에서 온다.

《꽃핀 소녀들의 그늘에서》의 사춘기 소년 화자는 발베크에서 할머니와 함께 바다가 마주 보이는 그랑도텔에 묵으며 방학을 보낸다. 어느 날, 그는 빌파리지 부인과 함께 산책을 한다. 그의 눈길은 낚시를 하고 있는 어느 아름다운 소녀에게 머문다….

"성당을 떠나 오래된 다리 앞에서 마을 소녀들을 보았는데, 아마도 일요일이어서인지 한껏 치장한 차림으로, 지나가는 소녀들을 부르고 있었다. 다른 소녀들보다 옷차림은 소박했으나 어쩐지 우위에 서서 다른 소녀들을 압도하는 듯 보이는—다른 소녀들이 하는 말에 거의 대꾸도 하지 않기에—키 큰 소녀가 훨씬 진지하고 단호해 보이는 표정으로 다리 난간에 반쯤 걸터앉아 다리를 늘어뜨린 채 아마도 막 낚아올린 듯한 물고기들이 가득 담긴 작은 항아리를 앞에 두고 있었다. 소녀의 살갗은 그을었고, 눈은 순해 보였지만 눈길은 주변을 멸시하는 듯 보였으며, 코는 작고 섬세하며 매혹적이었다. 내 눈길은 그녀의 살결 위에 머물렀고, 내 입술도 엄밀히 말해 내 눈길을 좇고 있었다고 할 수 있었다. 하지만 내가 닿고 싶었던 건 그녀의 몸뿐만 아니라 그 몸속에서 살고 있는 사람이었고, 그 사람과 그저 접촉해서 관심을 끌고, 그 내면으로 침투해 어떤 관념을 일깨우고 싶었다.

낚시하는 그 아름다운 소녀의 내적 존재는 아직 내게 닫혀 있는 듯 보였는데, 마치 암사슴의 시야 속에 들었을 때만큼이나 낯선 굴절률 때문에 그녀 눈길의 거울에 힐끗 비친 내 모습을 보고도 내가 그 속에 들어선 건지 의심스러웠다. 그러나 내 입술이 그녀 입술에서 쾌락을 취하는 것으로 충분치 않고 그녀 입술에도 쾌락을 주어야 하듯이, 나는 나라는 관념이 그 존재 속에 눌어붙어 그녀의 관심만이 아니라 그녀의 감탄과 욕망까지 내게 끌어와주길, 그리고 내가 그녀를 다시 만날 때까지 그녀가 나에 대한 기억을 간직하게 해주길 바랐다.[29]

---

29 《꽃핀 소녀들의 그늘에서》, p. 567.

프루스트와 함께하는 여름

03

기다림

"더는 희망이 없다는 걸 안다 해도
기다림을 계속하는 걸 막지는 못한다."
— 《꽃핀 소녀들의 그늘에서》

마음에 품은 질베르트가 편지 한 통이라도 보내주길 기다리는 이 가련한 화자를 어떻게 위로할까? 《잃어버린 시간을 찾아서》의 제2권에서 오데트 드 크레시와 샤를 스완의 딸은 오직 그녀와 함께 샹젤리제로 놀러 갈 생각으로 살아가는 젊은 주인공을 좋게 봐주지 않는다. 어느 날, 그는 더는 질베르트를 보지 않기로 결심하는데—그녀가 그를 조롱한다고 여겨서인데—그래도 여전히 그녀가 신호를 보내오길 희망한다. 하지만 그 결심이 그를 이런 기다림의 상태에 빠뜨리리라고는 미처 예상하지 못했다. 법열이자 고통 같은 기다림이었다.

＊＊＊

《잃어버린 시간을 찾아서》가 기다림의 소설이 아니라면 어떻게 실망의 소설이라고 말할 수 있겠나? 기다림을 앞세우지 않은 실망은 없으니 말이다. 게다가 이 작품은 어떤 기다림의 이야기로 시작된다. 스완이 화자의 조부모님을 막 방문했을 때, 화자는 어머니의 입맞춤을 받지 못한 채 방으로 물러나야 했다. 그 기다림은 너무도 고통스럽고 강박적이어서 임종의 고통처럼 묘사된다. 기다림은 미래가 우리에게 약속하는 것에만 주의를 기울이게 해서 우리가 더는 그 자리에 없는 것처럼 현재에 무심하게 만든다. 이런 의미에서 기다림은 실제 삶은 다른 곳에 있다고 느끼게 해 우리를 현실과 유리시킨다.

마치 기다림이 의식의 바탕인 양, 화자가 우리에게 들려주는 모든 이야기를 기다림이 지배한다. 그는 끊임없이 무언가를 기다린다. 어머니의 입맞춤을 기다리고, 질베르트를 샹젤리제에서 다시 만나길, 그녀로부터 편지가 오길, 그녀가 자신을 사랑하는지 알게 되길

프루스트와 함께하는 여름

기다린다. 그리고 게르망트 공작부인과 마주치길, 그리고 그녀의 눈에 띄길 기다린다. 그는 생루가 중개인으로 나서주길 기다린다. 그리고 엘스티르가 그를 젊은 아가씨들에게 소개해주길 기다린다. 그는 알베르틴을 기다리고, 스테르마리아 부인을 기다리고, 오르주빌 양을 만나길 기다린다. 그리고 베르고트에서, 베르마에서, 발베크에서, 베네치아에서 어떤 뜻밖의 발견을 하게 되길 기다리지만, 그런 발견은 이루어지지 않을 것이다.

그는 알베르틴의 취향이 무엇인지, 그녀가 사포[30]에 속하는지, 그를 사랑한 적은 있는지 알게 되길 기다린다. 하지만 이 모든 다양한 기다림은 보다 근본적인 두 기다림에 박자를 맞춘 것일 뿐이며, 그 두 기다림이 서로 이어져 있다는 걸 그는 나중에 가서야 알게 된다. 그러니까 그는 자기 작업을 시작하길 끊임없이 기다리고, 자신이 체험한 모든 일의 비밀을 마침내 알게 되길

---

30 기원전 6세기 그리스의 레스보스 섬 출신 시인. 시에 여성 간의 사랑에 대한 묘사가 종종 등장해 동성애를 상징하는 인물이 되었는데, '레즈비언'이란 원래 '레스보스섬 사람'이라는 의미이다.

기다린다.

모든 기다림은 그 자체로 결핍이기 때문이다. 모든 이야기에 탐색의 분위기를, 결과적으로 불안의 분위기를 입히는 건 바로 기다림이다. 이 원초적 기다림으로부터 은밀한 불화와 한결같은 방어라는 잠재적 감정이 이어진다. 화자에게 현실과의 괴리감과 자신에 대한 결핍감을 느끼게 하는 것도 기다림이다. "실제 삶은 부재한다". 이것이 기다림이 그에게 절감하게 해주는 깨달음이다.

의식을 구성하는 기다림은 상반된 의미의 두 가지 갈망으로 분열된다. 《잃어버린 시간을 찾아서》의 모든 긴장은 그 대립에서 나온다. 한편으로, 모든 기다림은 이별이다. 그 이별을 끝내기 위해 기다림은 우리가 아직은 알지 못하지만 다가올 무언가에 대해 안달하게 만든다. 그렇게 기다림은 발견과 모험에 대한 욕구를 불러일으킨다. 그런 욕구를 우리는 예술이나 여행을 통해 충족하려 애쓴다. 바로 그런 욕구가 화자를 그의 연인들이 일깨우는 다른 세계들에 다가가려고 안달하게 만든다.

그러나 다른 한편, 자명하게도, 모든 기다림은 기다릴 것을 아무것도 남겨두지 않겠다는 의미를 품고 있다. 기다림은 이별인 동시에, 세상과 타인과 그리고 자기 자신과 하나가 되려는 욕망을 불러일으킨다. 기다림은 우리를 현실과 갈라놓고, 그래서 우리가 현실을 되찾길 갈망하게 만든다.

더는 알베르틴을 기다리지 않으려고, 이별의 불안을 견디지 않으려고, 화자는 그녀에게 집착하며 그녀를 자기 집에 붙잡아 가둬 버린다. 그러나 이제 기다림의 양면성이 거의 이내 그의 술책을 좌절시킨다. 우리는 기다리지 않고는 살 수 없기 때문이다. 기다릴 게 아무것도 없다는 것, 그건 권태다. 따라서 화자는 알베르틴을 향한 자신의 사랑이 고통이나 권태를 느끼게 했을 뿐이라고 말한다. 프루스트 심리학의 기본 정리定理 중 하나는 우리가 사실은 소유하지 못한 것만 갈망할 수 있다는 것이다. 아이러니하지만 필연적인 결과에 따르면, 더는 그것을 갈망하지 않으려면 그것을 소유하면 되고, 그러면 즉각, 그것을 갈망할 만하지 않다고 여기게 된다. 알베르틴이 포로가 되자 화자는 더이상 그녀를 기다리지 않아도 된다. 그러나 이어지는 권태는 그에게 사랑의 모험·만남·쾌락을 기다리게 하지만, 알베르틴의 존재가 그걸 가로막는다. 그녀가 와서 더는 떨어져 있지 않게 되자 이제 그는 그녀와 헤어지길, 그리고 떠나길 기다린다.

기다림에 내재한 이 모순이 《잃어버린 시간을 찾아서》의 실패를 확고히 봉인하는 것처럼 보인다. 이 실패는 그가 마침내 자신이 기다리는 것이 무엇인지 알게 될 때 극복하게 될 것이다. 무의지적인 기억이 문득 그에게 떠올린 것에 상응하는 무언가를 자기 상상에서 끌어내면서 그는 마침내 현실과 하나가 되었다고 느낄 것이다. 그러면서 그는 자신이 언제나 기다려온 것을 외부에서 얻을 수는 없음을 알게 될 것이다. 그가 기다려온 것은 언제나 그의 내면 깊이 숨어 있었기 때문이다.

《소돔과 고모라》에서 화자는 게르망트 저택에서 이제 막 저녁식사를 마쳤다. 그는 서둘러 집으로 돌아간다. 얼마 전 발베크에서 만난 알베르틴을 만나기로 했기 때문이다. 자기 아파트에 도착한 그는 도착이 늦어지고 있는 젊은 여인의 임박한 출현을 초조하게 기다린다. 그녀는 어디에 있을까? 왜 늦는 걸까? 무엇이 그녀를 붙잡고 있는 걸까? 그는 자기 방에서 꼼짝 않고, 전화기 옆에 서서, 전화벨이 울리기만 간절히 바란다.

나는 전화벨 소리를 듣지 못할까 걱정되어 꼼짝도 하지 않았다. 어찌나 옴짝달싹하지 못했던지 몇 달 만에 처음으로 벽시계가 똑딱거리는 소리까지 들었다. 프랑수아즈가 와서 물건을 정돈했다. 그녀와 얘기를 나누었는데, 나는 그 대화가 싫었다. 한결같이 진부한 말이 이어지는 가운데 나의 감정은 시시각각 두려움에서 불안으로, 불안에서 지독한 환멸로 변해갔다. 내가 그래야만 한다고 생각하고 프랑수아즈에게 건넨막연히 흡족한 말과 달리, 내 얼굴이 너무도 불행한 표정을짓고 있으리라 느껴졌기에, 나는 가장된 무심함과 고통스러운 표정 사이의 괴리를 설명하기 위해 류머티즘 때문에 아프다고 핑계를 댔다. 게다가 프랑수아즈가 목소리를 낮추긴 했지만(그녀는 알베르틴이 올 시간이 한참 지났다고 판단했기에 알베르틴 때문에 목소리를 낮춘 건 아니었다) 그녀의 말소리 때문에 오지 않을 구원의 전화벨 소리를 듣지 못할까봐 겁이 났다. 마침내 프랑수아즈는 자러 갔다. 그녀가 떠나면서 내는 소리가 전화벨 소리를 가리지 않도록 나는 조용히 단호하게 그녀를 내보냈다. 그러곤 다시 귀를 기울이며 괴로워했다. 우리가 무언가를 기다릴 때는 소리를 받아들이는 귀부터 소리를 세밀히 분석하는 정신까지, 그리고 정신에서 결과를 전달하는 마음까지, 이 이중의 도정이 참으로 빨라서 우리는 그 기간을 지각하지 못하고, 마음으로 바로 듣는다고 여긴다.

전화벨 소리를 들으려는 욕망은 결코 충족되지 못한 채 점점 더 불안해지며 끊임없이 재가동되어 나를 괴롭혔다. 나의 고독한 불안이 나선형의 상승 곡선을 그리며 절정에 달할 무렵, 북적이는 밤의 파리를 배경으로 별안간 나의 책장 옆에서 내게 다가오는 숭고하고 기계적인 전화벨 소리는 마치 《트리스탄》에 등장하는 펄럭이는 스카프나 목동의 갈대피리 소리처럼 들렸다. 나는 몸을 날렸다. 알베르틴이었다. [31]

---

31 《소돔과 고모라》, p. 1307~1308.

04

질투

"질투란 대개, 불안한 전제 욕구가
사랑의 일에 적용된 것일 뿐이다."
-《갇힌 여인》

이 소설에서 스완과 화자는 근원적인 의심, 변함없는
흔들림, 즉 질투의 희생자다. 이후 그들에게는 더는 평
온이 있을 수 없다. 그들은 사랑하는 사람을 잃거나, 배
신당하거나, 언제든 농락당할지 모른다는 항구적인 두
려움에 사로잡혀 산다. 어쩌면 그들을 구원해줄 진실의
탐색만이 중요하다. 그런데 질투는 어떻게 생겨날까?
그것은 왜《잃어버린 시간을 찾아서》의 인물들을 그토
록 소진시키며, 무엇보다 그들의 감정에 어떤 의미를
부여하는 걸까?

***

질투는 여러 방식으로 설명될 수 있다. 일반적으로 사랑은 타인을 우리에게 없어서는 안 될 사람으로 만들어 우리는 그 사람을 잃는 걸 견디지 못하고, 그 사람으로부터 더는 사랑받지 못하는 것 또한 견디지 못한다. 게다가 이 박탈감에는, 우리에게 거부된 것이 다른 사람에게 허용되는 걸 바라보는 자기애의 상처가 더해질 수 있다. 타인이 우리의 자리를 차지하고 우리를 대신했다. 그럴 때 상실의 절망은 원통한 분노로 격화된다. 라셀을 대하는 생루의 경우가 그렇다. 거기에다 우리가 사랑한다고 생각했던 여성에 대해 늘 잘못 생각해왔다는 의심까지 더해진다. 그녀가 어떤 경박한 청년보다 남몰래 나를 더 좋아하려면 그 사람이 얼마나 천박한 짓까지 할 수 있어야 할까? 우리의 사랑을 깨뜨리고 우리 자신마저 깨뜨려야 하는 쓸쓸함이 상실의 고통에 더해진다. 우리가 쌓아온 것을 이제는 우리가 파괴해야 하고, 우리가 더없이 감탄스럽다고 여겼던 것을 경멸스럽다고 여겨야 하니 말이다.

프루스트와 함께하는 여름

그런데 《잃어버린 시간을 찾아서》에서 스완과 화자의 경우에는 사랑과 질투의 관계가 전도되었다. 심지어 그것이 그 관계의 특이점이다. 그들의 경우엔 질투가 매번 사랑보다 앞선다. 스완이 오데트를 사랑한 적 없는 것처럼 화자도 알베르틴을 사랑한 적이 없다. 그러나 두 사람 모두 단 한 번 그 여자들을 기다렸다가 바람맞는 것만으로도 그 여자들이 그들에게 종속되어 있지 않으며, 따라서 언젠가 그들의 기다림에 응답하지 않을 수 있다는 걸 충분히 느꼈다. 예측 불가능한 낙심으로 경험되는 이 좌절된 기다림과 당혹감은 곧 불안의 고통을 낳는다. 그리고 이 불안이 그들의 사랑을 낳는다. 오직 오데트나 알베르틴의 존재만이 마치 진통제처럼 그들의 부재가 초래하는 고통을 끝낼 수 있기 때문이다.

그러므로 질투의 기원에는 두 가지 발견이 있다. 첫 번째는, 그리 중요하지 않은 사람에게 우리가 생각보다 관심이 많다는 것이다. 두 번째는, 그 사람에게는 고유한 삶이, 고유한 관심사가, 고유한 인간관계가 있으며, 그 사람이 아무리 고분고분해 보여도 그의 욕망을 우리 마음대로 어쩔 수 없다는 것이다.

일단 깨닫게 되면, 이 깨달음은 스완과 화자의 삶을 지배하고 떠나지 않게 된다. 질투는 상상계의 정신질환이기 때문이다. 의심 없는 질투가 없듯이 상상 없는 의심도 없다. 그런데 가능성에 대한 우리의 상상이 우리가 현실에 대해 품는 이미지를 찢어버린다는 것이 의심의 속성이다. 우리가 질투하는 여자를 시야에서 놓치자마자 우리는 실제로 그 여자에 대해 무엇을 상상할 수 있나? 지금 그녀는 어디에 있을까? 뭘 할까? 누구랑? 어떻게? 질투하는 남자는 그녀를 상상하려 애쓴다. 상상하면서 그는 마음속으로 그려보고, 모방하고, 느끼고, 체험한다.

그렇다고 질투에 이유보다 동기가 더 많은 건 아니다. 질투는 스스로 의심을 분비하고, 그 의심이 질투를 키우고 고조시킨다. 일종의 옴처럼 고약하다. 우리는 아파서 긁고, 긁어서 고통을 더 키우는 것이다. 아무리 사소한 의심이라도 이내 다른 의심들을 상상하게 만들기 때문이다. 오직 절대적 확신만이 의심을 둘러싼 광적인 상상에 종지부를 찍을 수 있다. 모든 심문이 얻어내려고 애쓰는 것이 바로 그것이다. 오데트를 상대로 스완이 펼치는 심문처럼. 그런데 자백은 우리가 차마 상상하지도 못했을 사실을 발견하게 해줄 뿐 아니라, 사랑받는 사람에게 질투하는 사람을 경계해야 한다는 경고까지 한다. 그는 무슨 수를 써서라도 진실을 원했지만, 끝내 거짓밖에 얻지 못할 것이다. 그는 모든 걸 알고 싶지만, 아무것도 알지 못할 것이다. 질투는 기필코 열고 싶어 하는 것을 밀봉해서 잠가버린다.

어쩌면 질투의 가장 비밀스러운 원동력은, 알베르틴이 이미 죽었는데도 그녀의 삶을 세세한 부분까지 뒤지고 탐색하려는 화자의 강박증이 드러내 주는지도 모른다. 바로 이것을 프루스트는 "사후 질투"[32]라고 부른다. 그녀의 행동, 만나는 사람들, 취향, 그녀가 다니는 모든 곳을 알아내기 위해 추적자를 붙여서 그가 알게 될 사실은 그의 상상을 훌쩍 뛰어넘을 것이다. 그녀가 죽었기에 그의 질투의 목적은 '그녀가 무엇을 했는지'

---

[32] "일이 벌어지고 나서야, 상대와 헤어진 후에야 깨닫는 둔한 질투"라고 프루스트는 《갇힌 여인》에서 덧붙여 설명한다.

가 아니라 '그녀가 어떤 사람이었는지'를 알아내는 것이다. 그를 강박적으로 사로잡는 진실은 어떤 신의나 충정의 진실이 아니라, 더 뿌리 깊은 진실, 그녀의 존재 자체에 대한 진실이다. 알베르틴은 진정 누구였나? 진실로 나는 누구를 사랑한 걸까? 내 삶을 누군가에게 바쳤는데, 그 누군가는 사실 존재하지 않았고, 내 삶은 그저 꿈이었던가? 그러므로 질투는 사람 자체에 관한 의심보다는, 우리가 살고 있다고 믿었던 현실에 관한 의심을 표현한다. 우리가 한낱 허상을 산 거라면, 우리의 삶 자체가 환상 중에서도 가장 강박적이고 가장 헛된 것이 아니었겠나?

《잃어버린 시간을 찾아서》에서 첫 번째 질투하는 남자는 물론 샤를 스완이다. 그는 오데트 드 크레시를 만난 지 얼마 되지 않아 어느 날 익명의 편지 한 통을 받는데, 오데트가 여러 남자와 여자의 연인이었음을 알리는 편지다….

어느 날 그는 오데트에게 상처를 주지 않으려고 조심하며 그녀가 중매쟁이를 찾아간 적이 있는지 물어보려 했다. 사실 그는 그랬을 리가 없다고 믿었는데, 익명의 편지를 받고 그런 가정이 그의 머릿속에 떠오르긴 했지만, 어디까지나 무의식적인 반응이었다. 그 가정은 아무런 신뢰도 얻지 못했지만 실제로는 그대로 남아 있었고, 스완은 그저, 상스럽지만 성가신 의심을 떨어내기 위해 오데트가 그걸 뿌리째 뽑아주길 바랐다. "아! 아뇨. 그것 때문에 귀찮은 일이 없진 않았지만요." 그녀는 스완에게 자신이 정당해 보이지 않을 리 없다는 듯 자만에 찬 만족감을 미소로 한껏 드러내며 덧붙여 말했다. "어제 두 시간 넘도록 나를 기다린 중매쟁이 여자가 있었는데, 어마어마한 건을 제안하지 뭐예요. 웬 대사가 그 중매쟁이에게 나를 데려오지 않으면 죽어버리겠다고 말한 모양이었어요. 하인이 내가 외출했다고 말했지만, 결국 내가 나가서 그 여자에게 돌아가 달라고 직접 말했지요. 내가 그 여자를 어떻게 대했는지 당신이 보셨더라면 좋았을 텐데. 옆방에서 내 말을 듣고 있던 하녀의 말로는 내가 고래고래 소리를 질렀다는 거예요. "싫다니까요! 저는 그런 생각이 마음에 들지 않아요. 아무리 그래도 저는 제가 원하는 걸 할 자유가 있다고요! 제게 돈이 필요하다면 모를까…." 관리인에게 그 여자를 더는 들이지 말라고 해두었어요. 내가 시골에 있다고 말할 겁니다. 아!

당신이 어딘가 숨어서 봤더라면 좋았을 텐데. 당신은 흡족하셨을 거예요. 당신의 사랑스러운 오데트에게도 좋은 점이 있답니다. 사람들은 고약하다고 생각하는 모양이지만요.

게다가 스완이 이미 안다고 생각하고 오데트가 자기 잘못을 털어놓는 것조차 그에게는 오랜 의심에 종지부를 찍는 것이 아니라 새로운 의심의 출발점이 되었다. 그녀의 고백들이 결코 의심들과 정확히 맞아떨어지지 않았기 때문이다. 오데트가 아무리 자기 고백에서 중요한 부분을 빼더라도 스완이 한 번도 상상해보지 못한 무언가가 그 부차적인 고백 속에 남아 있었고, 그 새로운 사실이 그를 괴롭혀, 그의 질투에 문제가 되는 용어들을 바꿔놓았다. 그는 그 고백들을 더는 잊지 못했다. 그의 영혼은 그 고백들을 마치 송장처럼 실어와 내던지고 흔들어댔다. 그의 영혼은 그 독으로 피폐해졌다. [33]

---

[33] 《스완네 집 쪽으로》, p. 295~296.

05

환상

《잃어버린 시간을 찾아서》 제2권 《꽃핀 소녀들의 그늘
에서》의 화자는 발베크에서 막 알베르틴과 그녀의 친
구들을 만났다. 그곳엔 하늘, 태양, 바다, 그리고 너무
자주 울적해지는 젊은 주인공에게 조금이나마 희망을
다시 안겨줄 힘을 가진 예쁜 소녀들이 있다. 그는 대번
그들을 모두 사랑한다고 말하지만 다른 상황, 다른 풍
경 속에서도 과연 그럴지는 미지수다. 그는 그 소녀들
을 사랑하는 걸까, 아니면 그저 그들을 둘러싼 분위기
를 사랑하는 걸까? 사랑한다고 생각하고, 사랑한다고
믿지만, 대개는 사랑 옆을 지나치고 마는 화자에게는
중요한 질문이다.

***

프루스트의 세계에서 사랑은 언제나 '악운'처럼, '병적 상태', '광기', '간질', '상호적 고문'처럼 묘사된다. 따라서 사랑은 행복의 반대말이다. 프루스트가 사랑에 악운의 특징을 부여하는 건 오직 우연만이 사랑을 좌지우지하기 때문이다. 발베크에는 알베르틴만큼 매력적이어서 화자가 사랑에 빠질 수도 있었을 다른 소녀들이 열 명이나 있었다. 오랫동안 그는 알베르틴보다는 앙드레나 지젤에게 자신의 꿈을 쏟을까 망설이기까지 했다. 더구나 두 가지 이유가 결탁해서 사랑을 일종의 저주로 만든다. 첫째 이유는 우리가 사랑을 알아보는 건 그것이 우리에게 주는 기쁨보다는 그것이 겪게 하는 고통을 통해서라는 것이다. 두 번째 이유는 우리가 그것을 숙명처럼 감내한다는 것이다. 우리가 그 숙명으로부터 해방되길 아무리 갈망해도 사랑을 멈추어야만 고통도 멈춘다.

이런 사랑의 고통에는 두 가지 원인이 있다. 첫째는 우리가 소유하지 못한 것만 갈망한다는 것이다. 둘째

프루스트와 함께하는 여름

는 사랑하는 것을 소유하게 되면 우리가 그걸 왜 갈망했는지 더는 이해하지 못하게 된다는 것이다. 결국, 스완과 화자의 예를 통해 보듯이, 우리에게 우리의 사랑을 드러내주는 건 질투의 고통이다. 우리가 사랑하는 여성의 존재와 우리 고통의 소멸을 연결 짓기 때문이다. 내가 고통받는 건 그녀가 곁에 없어서이니, 그 고통은 내가 그녀를 사랑한다고 일깨워준다. 결국, 사랑은 고통과 떼어놓을 수 없기에, 우리에게 사랑을 폭로해주는 건 고통뿐이다.

따라서 우리는 사랑이 세 가지 환상의 결과라는 사실을 깨닫게 된다. 첫째는 스완이 오데트를 보고 싶은 욕구를 그녀 곁에서 느낄 기쁨과 혼동하듯이, 고통의 끝을 행복의 시작으로 혼동하는 것이다. 이 혼동이 온갖 오해와 환멸을 낳는다. 사실 우리는 권태에 빠져야만 고통에서 벗어날 수 있다. 프루스트는 말한다. "오롯이 한 여자와 살아보라. 무엇 때문에 그녀를 사랑하게 되었는지 더는 이해하지 못하게 될 것이다."

두 번째 환상은, 어떤 사람의 부재가 우리에게 상상하게 했던 모든 것을 현실에서, 그 사람의 구체적인 존재 안에서 포착할 수 있으리라고 희망하는 것이다. 그런데 어떤 현실도 우리의 상상이 우리에게 기대하게 하는 것의 매력에 상응하지 못한다. 화자는 알베르틴을 "골프장의 요란한 뮤즈"로 상상했었다. 그가 그녀를 자기 집에 가두자마자 "해변의 빛나는 여배우는 칙칙한 포로가 되어버렸다."

세 번째 환상은, 우리의 상상이 우리를 홀려 누군가를 사랑하게 만든 모든 것을 우리가 사랑하는 사람의 속성으로 여긴다는 것이다. 이를테면 화자가 질베르트를 사랑한 건 그녀의 이미지를 베르고트가 그린 대성당의 묘사와 연결 짓고서부터였다. 마찬가지로 스완이 오데트를 사랑하게 된 것도 그녀가 보티첼리의 그림 속 이드로의 딸 제포라와 닮았음을 발견하고서였다. 그래서 프루스트는 "한 사람에 대한 지극히 독점적인 사랑은 언제나 다른 무엇에 대한 사랑이다", 라는 생각을 하나의 정리로 세운다. 따라서 모든 사랑의 기원에는 일종의 환상이, 착각이, 또는 오해가 있다. 이 환상은 인물에 관해 우리의 상상이 만들어내는 주관적 허상을 그 인물의 객관적인 특성으로 여기게 한다. 사랑할 때는 꿈속처럼 비현실이 현실의 강한 호소력을 지녀서, 우리는 현실이 존재하지 않는 것처럼 현실을 보지 못한다. 따라서 우리는 꿈에서 깨어날 때와 같은 방식으로 사랑에서 빠져나온다. 바로 그래서 스완은 자신이 유령들을 쫓았을 뿐이었다고 말한다. 프루스트가 사랑의 환상을 "우리에게 현실이 얼마나 보잘것없는지를 보여주는 탁월한 본보기"로 인정했듯이.

《스완의 사랑》에서 스완은 오데트에게 전에 이야기한 적 있는 복제화를 가져다준다. 그것은 산드로 일 마리아노, 일명 보티첼리가 그린 프레스코 복제화다. 모세의 아내이자 이드로의 딸인 제포라가 그려져 있는 그림이다. 성서 내용을 담은 이 텍스트는 프루스트의 작품에서 사랑이 갖는 환유적이며, 거의 맹목적 숭배의 특징을 아주 잘 표현하고 있다.

그는 그녀를 바라보았다. 그녀의 얼굴과 몸에서 프레스코화의 한 부분이 보였는데, 그 후로 그는 오데트 곁에 있건, 아니면 그저 그녀 생각을 할 때건 그녀에게서 그런 면모를 찾으려고 애썼다. 그가 그 피렌체 걸작에 집착한 건 바로 그녀에게서 그 작품을 보았기 때문이었지만, 그 닮음이 그녀에게 아름다움을 부여해 그녀를 더 소중한 존재로 만들어주었다. 스완은 저 위대한 화가 산드로에게는 경이로워 보였을 존재의 진가를 미처 알아보지 못한 자신을 자책했고, 자신의 미학적 소양 덕에 오데트를 보며 느끼는 기쁨이 정당화되어 뿌듯했다. 그는 오데트에 대한 상념을 자신의 행복에 대한 꿈과 연결 지음으로써 지금까지 믿어온 것처럼 그렇게 불완전한 궁여지책을 체념하고 받아들인 게 아니라고 생각했다. 그녀가 그의 더없이 세련된 예술 취향을 채워주었기 때문이다. 그는 오데트가 자신의 욕망에 부합하는 여자는 아니라는 사실을 망각했다. 그의 욕망은 언제나 그의 미학적 취향과 반대 방향으로 향했으니 말이다. 스완에게는 '피렌체 작품'이라는 말이 크게 도움이 되었다. 그것은 마치 하나의 작위처럼, 오데트의 이미지를 그때까지는 접근할 수 없었던 꿈의 세계로 끌어들이게 해주었고, 거기서 그 이미지는 고결함을 입었다. 그가 그녀를 향해 품었던 순수히 육체적인 시각이 그녀의 얼굴, 그녀의 몸, 그녀의 전반적 아름다움에 대한 의심을 끊임없이 불러일으켜 그의 사랑을 깎아내렸었는데, 이제 확실한 미학적 요소를 토대로 갖게 되자 의심은 무너졌고, 그의 사랑은 확고해졌

프루스트와 함께하는 여름

다. 흠결 있는 육신이 그에게 허락해준 입맞춤과 육체적 소유는 그저 자연스럽고 보잘것없어 보였었는데, 미술관 작품에 대한 숭배를 왕관처럼 두르게 되자 그 모든 것이 초자연적이고 감미로워 보였다.

몇 달째 오데트를 만나는 일 외에 다른 아무것도 하지 않았다는 후회가 밀려들 때면 그는 대단히 흥미로운 다른 소재에 빠져들어, 값을 매길 수 없는 걸작품에 시간을 쏟는 게 좋겠다고 생각했고, 때로는 예술가로서 겸양과 영성과 무사무욕의 마음을 갖추고, 때로는 수집가로서 자존심과 이기심과 관능성을 갖추고서 그 귀한 희귀본을 응시했다.

그는 이드로의 딸을 그린 복제화를 오데트의 사진인 양 책상 위에 올려두었다. 그리고 큰 눈, 피부의 흠결을 고스란히 드러낸 섬세한 얼굴, 지친 뺨 위로 멋지게 물결치며 흘러내리는 머리카락을 바라보고 감탄했다. 그리고 그때까지는 미학적으로 아름답다고 생각했던 것을 이제 살아 있는 한 여인에게 적용해 그것을 신체적 장점들로 바꾸었고, 그 장점들이 그가 차지할 수도 있을 존재에 집약된 모습을 보며 기뻐했다. 우리가 바라보는 걸작으로 우리를 끌어당기는 막연한 호감은, 이드로의 딸의 구체적 실물을 알게 되자, 처음에 오데트의 신체가 불러일으키지 못했던 것을 보완하는 욕망이 되었다. 그는 보티첼리의 작품을 오래 바라보고 나서 자신의 보티첼리를 생각하며 더더욱 아름답다고 여겼고, 제포라의 사진을 가까이 끌어당기며 오데트를 가슴에 끌어안는다고 믿었다.[34]

---

34 《스완네 집 쪽으로》, p. 185.

5장

상상계

- 줄리아 크리스테바

01

독자의 초상

"그대 인생 위에
언제나 하늘 한 조각은 간직하게."
- 《스완네 집 쪽으로》

이 소설 도입부에서 르그랑댕 씨는 화자에게 이 값진
조언을 한다. 문학적 기질을 타고난 이 엔지니어는 어
린 주인공을 만나자마자 그에게서 예술가의 천성을 간
파하고, 그에게 "어여쁜 영혼"을 간직하도록 난폭한 현
실로부터 자신을 잘 지키라고 말한다. 그가 그렇게 어
린 주인공에게 권고하는 건 상상계로 향하는 문 하나는
열어두라는 것이다…. 상상계는 《잃어버린 시간을 찾아
서》가 이어지는 내내 정신적 삶이 아니라 내밀한 삶을
탐색하는 글쓰기를 통해 구축된다. 프루스트는 그 세계
를 독자가 지각할 만하게 만들길 원했고, 그 세계를 묘
사하기보다는 '번역'하고 싶어 했다.

***

    나는 고국 불가리아에서 프랑스어를 배웠다. 선생님이 중요한 텍스트들을 읽어보라고 줄 수 있을 만큼 나의 프랑스어가 충분히 나아졌을 때 나는 두 문장을 통해 프루스트를 발견했다. "아름다운 책은 일종의 외국어로 쓴 것이다"와 "작가의 의무와 과업은 번역가의 그것과 같다." 이 말들이 내게는 나의 고국에서 개최되는 세계적으로 독특한 행사인 알파벳 축제와 더불어 이상하리만큼 큰 울림을 준다. 매년 5월 24일이면 학생들, 지식인들, 선생들, 작가들이 글자 하나를 내걸고 행렬에 참여한다. 나는 하나의 문자였다. 핀으로 꽂아 내 셔츠에, 내 몸 위에, 내 몸속에 글자 하나를 달고 있었기 때문이다. 말은 살이 되었고, 살은 단어가 되었다. 나는 노래들 속에, 향기들 속에, 그 군중의 환희 속에 녹아들었다. 프루스트의 이 말을 읽자니 그 말들이 내가 경험한 무언가에 근거를 두고 있다는 느낌이 들었다. 마치 암호로 쓰고 육신으로 된 책에 들어서듯 나 자신의 내면 깊숙이 들어서는 느낌이었다. 그것을 다른 책으로 번역해 읽히고 공유되기 위해. 그 텍스트를 번역하는 일이 훗날 나의 직업이 될 터였다. 나는 그 작업을 말라르메, 셀린, 그 밖의 다른 작가들에게 적용해보려 애썼는데, 그 중엔 물론 프루스트도 있었다. 절대적으로.

프루스트가 생각하듯이, 작가는 내밀하고도 내밀한, 혼란스럽고 소용돌이치는 감각인지의 세계 속에서 산다. 온갖 풍미와 새로운 철학을 가득 품은 무한한 문장들을 통해 작가는 감각의 다양성과 변화를 느끼게 해준다. 프루스트의 글쓰기를 특징 짓는 만화경 같은 움직임은 묘사 문학만이 아니라 막 생겨나던 영화라는 양식에 대한 저항을 보여준다. 이 내적 경험에서 힘을 얻은 프루스트는 단선적인 영화가 놓치는 정수를 오직 문학만이 기억과 은유를 능숙히 다루는 긴 문장을 활용해 끌어낼 수 있다고 확신한다. 그뿐 아니라 개인적인 투영도, 역사적 주체들을 대표하는 동상들도 활용한다. 그 동상들은 풍화하며, 독자들인 우리에게 우리의 내밀한 건축물을 투영할 가능성을 내준다.

프루스트 이후로, 글쓰기는 적어도 두려운 일이 된다. 나는 밤에 글을, 특히 소설을 쓰는데, 이따금《잃어버린 시간을 찾아서》를 몇 쪽 읽으며 그 문장들을 음미하고 이해하고 몸속에 내장하고, 조금은 환각 상태에서 이제는 세심하고 감성적인 나의 언어가 된, 환대의 언어 프랑스어 속으로 빠져들곤 한다. 프루스트를 읽는 일은 훈련 그 이상이다. 그것은 진정한 체험이다. 모든 작가가 자기만의 길을 찾기 위해 마음을 열어야 할 체험이라고, 나는 생각한다. 그런데 그 길은 '어린 마르셀'이 내는 길이다.

《되찾은 시간》에서 화자는 샛길로 빠져 자신이 생각하는 작가의 임무와 사명이 무엇인지 설명한다.

우리가 나쁜 날씨나 전쟁을, 마차 정거장이나 불 밝혀진 레스토랑, 꽃핀 정원 등을 이야기할 때는 무엇을 말하려는지 누구나 알기에, 그런 현실이 모두에게 대략 비슷한 경험의 찌꺼기 같은 것이라면, 만약 현실이 그런 것이라면, 아마도 그 사물들을 찍은 일종의 영화필름만으로도 충분했을 테고, 그 단순한 정보들과는 거리가 먼 '문체'나 '문학'은 작위적인 부속물일 것이다. 하지만 현실이 바로 그런 것이 아니던가? 이를테면 비본 다리 위를 지나며 물 위에 드리운 구름의 그림자를 보고 내가 '오, 이런!' 하고 기쁨의 탄성을 내지른 날이라거나, 혹은 베르고트의 한 문장을 들으며 내가 받은 인상이 그에게 어울리지 않게 고작 '멋져요'였을 때라거나, 고약한 절차에 화가 난 블로크가 그렇게 천박한 연애에 전혀 어울리지 않게 '그렇게 행동하다니, 그래도 난 환상적이라고 생각해', 라는 말을 했을 때라거나, 게르망트 가에서 환대받고 기분이 우쭐해져서, 더구나 그 집에서 내놓은 와인에 살짝 취해서 내가 그 집을 떠나면서 작은 소리로 '함께 어울려 살아도 좋을 멋진 사람들이야', 라고 말하지 않을 수 없었을 때라거나, 어떤 사물이 우리에게 어떤 인상을 남기는 순간에 실제로 무슨 일이 일어나는지 이해해보려 애쓰다가 나는 본질적인 책, 단 하나의 진실한 책은 우리 안에 이미 존재하고 있기에, 위대한 작가라면 지어낼 것 없이 옮기기만 하면 된다는 걸 깨달았다. 작가의 의무와 과업이란 바로 번역가의 그것이다.[35]

35 《되찾은 시간》, p. 2280∼2281.

02

감각을 쓰다

"우리의 과거는(…) 우리가 생각지도 못하는(…)
어떤 물질적 사물 안에 숨어 있다."
– 《스완네 집 쪽으로》

잠자리의 비극 이후 몇 단락 뒤에 화자는 콩브레 시골 집의 추억을 끌어모으려 시도한다. 빛, 계단, 몇 개의 방, 그리고 그의 방이 머리에 떠오른다. 하지만 성인이 된 그는 그 모든 것이 이제는 죽었음을 확인한다. 하지만 "영원히 죽은" 걸까? 주인공은 그리 확신하지 못하고, 자신의 길 위에 우연히 놓일 어떤 '사물' 덕에 그 과거를 되찾을 수 있으리라고 여전히 믿는다. 그래서 그의 책의 부식토가 될 거대한 무언가를―무의지적 기억―직감하는데, 그것은 곧 마들렌의 형태로 나타나게 된다.

***

마들렌은 프루스트의 문장紋章이다. 그것은 책의 도입부에서 그 유명한 잠자리 장면 직후에 등장한다. 화자는 일리에의 이층집에 있는데, 그곳은 일종의 환히 빛나는 벽면 한 조각[36]처럼 묘사된다. 스완 씨의 갑작스러운 방문 때문에 아이는 어머니를 빼앗긴다. 슬픔을 가눌 수 없어진 아이는 자기 방으로 돌아가 고통의 시간을 보낸다. 이것은 원초적 사랑의 대상과의 이별이 초래한 정신적 외상이다. 너무도 견디기 힘들고 고통스러워 화자가 머릿속에서 지워버린 순간이다. 그러나 "관념이 슬픔을 대체할" 테니 슬픔은 지나갈 것이다. 어린 시절은 죽은 걸까? 우리가 그것을 되찾고 다시 안을 수 있을까?

과거의 어떤 조각들은 화자가 겨울 어느 날 차 한 잔을 두고 어머니와 함께 맛본 "가리비 모양으로 홈이

---

36 프루스트가 페르메이르의 《델프트 풍경》을 세상에서 가장 아름다운 그림이라며 언급한 '노란 벽면 한 조각'을 연상시키는 표현으로, 화자가 콩브레를 회상할 때마다 그곳은 '빛나는 한 조각 벽면'처럼 떠오른다.

팬 틀에 구운 듯 보이는 '프티트 마들렌'이라 불리는 짧막하고 통통한 과자"처럼, 하찮은 요소들에서 되찾아지기도 한다. 과거가—켈트 신앙 속 죽은 영혼들처럼—《잃어버린 시간을 찾아서》의 다른 페이지들에서도 그렇듯이, 산사나무 향기나 마르탱빌 종탑의 아름다움을 통해 깨어날까?

그래서 프루스트는 우리를 진정한 영적 여행으로 초대한다. 그 여행의 다양한 층위가 우리에게 미묘한 현실의 달콤한 조각들을 맛보게 해준다. 순진무구한 마들렌은 그가 '심장의 널뜀'이라고 부르는 것을 응축하며, 어린 시절 너머로, 생각조차 할 수 없는 죽음과 신성모독의 불안에 맞닿아 있다.

실제로 '프티트 마들렌'은 화자에게 질문을 던지고, "사랑과 같은 방식으로 작동해" 그에게 "보잘것없고, 하찮으며, 죽을 수밖에 없는" 존재라는 걸 덜 느끼게 해준다. 프루스트는 마들렌을 통해 '흥분'이라고 불러 마땅한 것의 전율을 단계별로 우리에게 전한다. 과자가 입천장에 닿으면, 살아 있는 존재의 가장 유아적이고 가장 원초적인 감각인 미각이 그의 내면에 '비상한'

프루스트와 함께하는 여름

무언가를 작동시킨다. 그는 겉보기에 더없이 진지하고 극도로 수줍은 듯, 미각의 즐거움을 마치 성적 경험인 양 묘사한다. 원인 없는 즐거움(그 '원인'인 엄마가 거실에 있으니)은 감각의 기억을 사랑의 상태에 가깝게 만들어, 그것은 "소스라치고" "솟구친다". 화자는 마침내 기쁨을 찾고, 프티트 마들렌은 실존의 초라함이 낳는 슬픔에서 벗어나게 해주는 항우울제가 된다. 그는 귀를 막고 공허함을 이해하려 애쓰며, 결국 그 낯선 무언가, 어쩌면 인식의 한계를 넘어서는 무언가에 대한 사랑은 그 대상에서 오는 게 아니라 자기 자신에게서 온다는 것을 깨닫는다. 저자는 아직 존재하지 않는 현실과 대면하고, 그 현실을 만들어내는 과정에 있는 것이다. 작가는 여기서 《잃어버린 시간을 찾아서》가 단지 어느 과거의 탐구만은 아님을 이해시킨다. 글쓰기는 과거의 재창조, '포이에시스'[37]의 표명이다. 프루스트는 하나의 상상 세계를 창조하는 능력을 자기 내면에서 탐색한

---

37 '제작', '생산'을 뜻하는 그리스어. 아리스토텔레스는 인간의 지적 활동을 '관조theōria, 실천praxis, 제작poiēsis'으로 나눴고, 그중 세 번째 항목인 포이에시스는 주로 예술 활동을 가리켰는데, 그 제작학은 시학poietik이 되고, 시poiema라는 개념으로 이어졌다.

다. 그리고 삶의 의미가 외부에 있는 것이 아니라 자신의 주도적 상상 속에 있음을, 말을 창작하고 감각을 재발명하는 고유의 방식에 있음을 발견한다.

프랑스 문학에서 가장 유명한 과자는 《잃어버린 시간을 찾아서》의 초반부에 등장하는데, 화자는 어머니가 차 한 잔에 마들렌 하나를 곁들여 가져온 날을 떠올린다.

콩브레에서 내 잠자리의 무대와 비극이 아닌 다른 모든 것이 더는 내게 존재하지 않게 된 지 이미 오래된 어느 겨울날, 집에 돌아왔을 때 어머니는 내가 추워하는 걸 보고 평소의 내 습관과는 반대로 차를 조금 마셔보라고 권했다. 처음에 나는 거부했다가 왠지 모르겠지만 마음을 바꾸었다. 어머니는 사람을 보내 가리비 모양의 홈이 팬 틀에 구워낸 프티트 마들렌이라고 불리는 짤막하고 통통한 과자를 사오게 했다. 침울했던 하루와 다음날에 대한 울적한 전망에 낙담해 있던 나는 마들렌 한 조각을 얹은 차 한 숟갈을 입술로 가져갔다. 그런데 과자 조각이 섞인 차 한 모금이 내 입천장에 닿는 순간, 나는 전율했고, 내 안에서 벌어지는 비상한 일에 주의를 기울였다. 원인을 알 수 없는 어떤 달콤한 쾌락이 덮쳐와 나를 현실과 괴리시켰다. 그것은 사랑과 같은 방식으로 작동해서 소중한 본질로 나를 채워주어 삶의 부침은 무심하게, 삶의 재난은 대수롭지 않게, 삶의 짧음은 허상처럼 여기게 해주었다. 아니, 그 본질은 내 안에 있었던 게 아니라 바로 나였다. 나는 더 이상 보잘것없고, 하찮으며, 죽을 수밖에 없는 존재라고 느끼지 않게 되었다. 이 강력한 기쁨은 어디서 온 걸까? 그것이 차와 과자의 맛과 상관있다고 느꼈지만, 하지만 그것은 맛을 무한히 능가했으니, 맛과 같은 성질이 아니었다. 그것은 어디에서 온 걸까? 무엇을 의미할까? 어디에서 그것을 붙들 수 있을까? 두 번째 모금을 마셔보았지만, 첫 모금이 가져다준 것 이상의 그 무엇도 발견하지 못했고, 세 번째 모금은 두 번째보다도 감흥이 덜했다. 음료의 효력이 줄어드는 듯하니, 이제 멈춰야 할 때다. 내가 찾는 진실은 음료 속에 있는 게 아니라 내 안에 있는 게 분명하다. 차는 내 안의 진실을 깨우긴 했지만, 그 진실이 무엇인지는 알지 못하고 점점 힘이 빠지면서 같은 증언을 무한히 되풀이할 뿐이다. 나는 당장은 그 증언을 해석할 줄 모르지만, 적어도 나중에 결정적인 해석을 해야 할 때면 그것을 온전한 상태로 되찾을 수 있기를 바랐다. 나는 찻잔을 내려놓고 내 정신을 향해 돌아섰다. 진실을 발견하는 건 정신이 할 일이다. 그런데 어떻게? 정신이 스스로 이해하지 못한다고 느낄 때, 탐구자 자신이 탐구해야 할 캄캄한 영역이라고 느낄 때, 그가 가진 모든 지식이 아무 소용이 없을 때 불확실성은 심각해진다. 탐구한다? 문제는 그저 탐구하는 것만이 아니라, 창조하는 것이다. 정신은 아직 존재하지 않는 무언가를, 오직 자신만이 실현할 수 있는, 그래서 자신의 빛 가운데로 들어오게 할 수 있는 무언가를 마주하고 있다. [38]

---

[38] 《스완네 집 쪽으로》, p. 44~45.

03

눈길

화자는 베르뒤랭 가에서 뱅퇴유의 7중주곡을 들으며 이 문장을 말한다. 그가 처음 듣는 그 음악은 그를 미지의 나라로 데려가 세상을 강렬히 느끼게 해준다. 음악가 뱅퇴유는 그렇게 화자를 여행하게 하고, 우주를 달리 지각하게 해준다. 이것은 시각의 비유적 의미에 관한 이야기다. 그런데 《잃어버린 시간을 찾아서》에서 눈은 관찰의 역할도 맡아서, 화자는 심지어 '엑스레이로 촬영하듯' 현실을 살피길 좋아한다. 프루스트의 한 여성 친구가 작가 프루스트에 대해 즐겨 힘주어 말했듯이, 그는 주변 사물들에 과도한 관심을 기울이는 "파리의 털북숭이 눈"을 가졌다.

***

　작가 콜레트는 프루스트를 예언자로, 다른 사람들보다 더 멀리, 더 깊이 보는 능력을 갖춘 사람으로 여겼다. 실제로, 강렬한 시선을 가진 그는 이미지들을 보는 게 아니라 온갖 감각의 소용돌이를 느꼈다. 시간 속 욕망의 충동이 그의 눈앞에 나타나 그에게 복합적인 감각을 시각으로 번역하도록 부추기는 것이다. 따라서 프루스트는 가시적인 세계의 질서에 속하는 것으로 축소될 수 없다. 그는 화가들처럼, 특히 인상파 화가들처럼 오히려 가시적 세계에 자신의 지각들을 끼워 넣으려 한다. 그렇게, 프루스트는—그리고 물론 화자도—견자이면서 또한 관음자다. 그는 바라보고, "엑스레이로 찍고", 염탐한다. 그는 다른 소녀를 끌어안고 있는 뱅퇴유 양을 숨어서 관찰하기도 하고, 벽에 난 구멍에 눈을 대고 샤를뤼스가 채찍을 맞는 걸 지켜보기도 한다. 그러나 이런 위반행위에는 명확한 목표가 있다. 그는 고통을 포착하길 바라는데, 이런 의미에서 샤를뤼스의 장면은 대단히 시사적이다.

어느 날, 화자는 쉬고 싶어서 쥐피앵이 운영하는 윤락업소에 들른다. 안내받은 방으로 가던 중에 그는 신음소리를 듣는다. 샤를뤼스 남작이 채찍질을 당하며 쾌락의 신음을 내뱉고 있다. 그 소리가 화자에게 그의 고통-쾌락을 환기한다. 어머니와 떨어지는 아이의 고통, 천식을 앓는 청년의 고통, 살롱들에서 비켜나 있지만 거기서 기어코 제자리를 찾게 될 유대인의 고통, 자신의 말을 찾는 작가의 고통…. 그에게 이 모든 고통은 창작을 위해 반드시 거쳐야 할 길이다.

프루스트는 샤를뤼스라는 인물과 각별한 관계를 맺었다. 쇠퇴의 길로 들어선 프랑스를 대표하는 이 귀족은 욕망을 지나치게 믿고, 예술밖에 모르는 독신자다. 일종의 중독이 그가 글을 쓰지 못하게 가로막는다. 고통의 인간인 샤를뤼스는 결코 작가가 되지 못할 것이다.

소설에 등장하는 이 일화는 프루스트의 가정부인 셀레스트 알바레가 놀라운 기록에서 이야기하듯이, 프루스트가 겪은 경험에서 영감을 얻은 것이다. 마르셀은 르 퀴지아―파리의 유명 윤락업소―에서 돌아오는 길에 소설에 묘사된 것 같은 채찍질 장면을 목격하면서 조금도 역겨움을 느끼지 않았던 모양이다. 그의 열광적인 태도에 당혹한 셀레스트는 그의 말을 들으면서 자신이 채찍질을 당하는 느낌이 들고, 작가의 말을 통해 몸소 고통을—샤를뤼스의 고통일까 아니면 프루스트의 고통일까?—체험한다. 프루스트가—그리고 화자가—들려주는 이야기의 외설스러움을 보면, 그는 견딜 수 없는 무언가를 접하면 모든 감각이 고조되는 "과민하고 기괴한" 사람 같다. 그러나 이 서민층 여성은 섬세한 어머니로서, 혹은 설익은 정신분석가로서 자신의 기억을 털어놓는 책에서 작가 프루스트의 창조작업 과정을 재현한다. 그는 고통받는 걸 보고, 그 광경과 기억에 스스로 고통받을 뿐 아니라, 자기 속내를 털어놓는 여인에게 그 말을 함으로써 채찍질을 가하고, 그러고 나서야 마음을 가라앉히고 그것을 말하고 글로 쓸 최고의 방법을 찾는다.

우리 사회는 최근 들어서야 성적 도착을 죄악시하지 않고, 그것이 어떻게 내밀한 영역에 속하는지 이해하기 시작했다. 사도마조히즘, 동성애, 질투 등. 프루스트는 한 세기도 더 전에 이미, 그것도 섬세한 방식으로,

어떤 대의나 공동체의 신봉자를 자처하지 않고서 그렇게 했다. 그리고 그는 동성애에 대한 자신의 복잡한 시각을 끊임없이 발전시켰다. 저주받은 종족이자 선택받은 집단이라는 견해였다. 유대인처럼, 또한 작가 프루스트처럼, 그 시대에 동성애자는 주변인이었다. 그러나 프루스트에게 그것은 여러 집단의 진실을 말할 수 있는 기회이기도 하다.

그에게 글을 쓴다는 것은 말로써 고통을 관통하는 것이다. 자신이 겪었거나 스스로 부과한 고통이다. 형벌은 강생하려면 반드시 거쳐야 할 길이자 글쓰기가 걸어야 할 길이기도 하다. 그 말은 탄식에 열중해야 하고, 탄식을 신성시해야 한다는 뜻이 아니다. 오히려 고통을 명확히 밝히면 고통을 웃어넘길 수 있다는 뜻이다. 고통을 떨치지 않고도 "심장이 널뛰는" 가운데 사도마조히즘을 유지하는 인간관계의 진짜 동인을 드러냄으로써 그럴 수 있다. 오직 그런 식으로만 고통을 웃음으로, 냉소로, 풍자로 이끌 수 있는 것이다. 상당한 기쁨이 가능할 것이다. 진정한 기쁨이.

한밤중에 파리의 어두운 거리에서 방황하던 화자는 피로로 기진맥진해서 호텔이라고 생각되는 곳에 묵기로 마음먹는다. 그렇게 그는 계단을 올라가 건물 문을 열고 뜻하지 않게 쥐피앵의 윤락업소에 들어서게 된다. 샤를뤼스 남작의 애인인 조끼 재단사가 그가 쉴 수 있는 방을 일러준다.

나는 안내받고 곧장 43호실로 올라갔는데, 분위기는 무척 불쾌했으나 호기심이 동해서 카시스 잔을 비우고 난 뒤 다시 계단을 내려왔고, 그러다 생각을 바꿔 다시 계단을 오르면서 43호실이 있는 층을 지나서 꼭대기까지 갔다. 갑자기, 복도 끝의 외진 방에서 억눌린 듯한 신음이 흘러나오는 것 같았다. 나는 재빨리 그 방향으로 향했고, 귀를 문에 갖다 댔다. "제발, 용서해요, 용서를, 그렇게 세게 때리지 말고, 날 풀어줘요", 하고 어느 목소리가 말했다. "당신 발에 입 맞추겠소. 복종하고, 다시는 그러지 않을 테니, 봐줘요." 그러자 다른 목소리가 응수했다. "안 돼, 망나니 같은 자식, 그렇게 소리를 지르고 무릎으로 기어대니, 널 침대에 묶어야겠어. 자비는 없어." 그러곤 채찍 소리가 들렸는데, 고통의 비명이 이어지는 것으로 보아 아마도 뾰족한 징이 박힌 가죽 채찍인 것 같았다. 그 순간 나는 그 방 벽에 커튼을 치지 않은 둥근 창이 있다는 걸 발견하고서, 어둠 속에서 살금살금 걸어 그 둥근 창까지 미끄러지듯 다가갔고, 그 창으로 바위에 묶인 프로메테우스처럼 침대 위에 묶인 채 모리스가 휘두르는 징 박힌 채찍 세례를 받고 있는 샤를뤼스 씨를 보았는데, 이미 피멍이 들고 피투성이가 된 모습으로 보아 그런 형벌이 처음이 아닌 게 분명했다.[39]

39 《되찾은 시간》, p. 2222~2223.

04

잠과 꿈

> "현실을 견딜 만한 것으로 만들려면
> 우리 모두 우리 안에 어느 정도 소소한 광기를 간직해야만 한다."
> - 《꽃핀 소녀들의 그늘에서》

이 소설의 제2권 《꽃핀 소녀들의 그늘에서》에서 화자는 사랑과 그 어려움에 관해 진지하게 자문하기 시작한다. 어떤 오해 끝에 그는 사랑하는 어여쁜 질베르트에게 더는 말을 건네지 못하게 되었지만, 어서 빨리 화해할 수 있길 바란다. 그러니 그가 말하는 "소소한 광기"란 더 좋은 시절이 오리라 믿고 계속 살아가기 위해 꼭 필요한 희망이다. 그것은 《잃어버린 시간을 찾아서》에 담긴 여러 꿈의 욕구 가운데 하나다. 《천일야화》의 독자인 주인공은 줄곧 실망스러운 현실에 맞서 이상적인 대응책을 발견한 것처럼 보인다. 완전히 잠든 것도 완전히 깨어난 것도 아닌 상태로 그는 꿈의 경계에서 노닌다.

***

　《잃어버린 시간을 찾아서》는 잠든 남자, 아니 잠들려고 애쓰는 남자의 이미지로 시작된다. 그러나 프루스트는 글을 써나가면서 참으로 심오하고 역설적인 꿈을, 그가 "두 번째 처소" 같은 꿈이라고 부르는 꿈을 말로 표현해낸다. '두 번째 처소'란 별도의 세계를, 자아가 제 한계를 잃게 되는 자기 내면으로의 하강을 의미한다. 잠자는 이가 거의 정신적 가사假死 상태에 놓이는, 대상도 없고 인물도 없는 환각 상태다. 프루스트의 잠은 여기서 플라톤이 말하는 감각의 동굴을 환기한다. 그 동굴은 사람이 인간의 존재도 외부와의 상호작용도 차단된 채 갇힌 곳이다. 화자는 이 텍스트에서 비존재, 비현실을 암시하는 마차, 태양, 빛이라는 은유를 종종 사용한다. 분신分身 없이, 대화 없이, 소통 없이, 몇몇 그림자만 나타나 우리를 현실로부터 떼어놓는다. 거기에 '현실'은 없다.

　정신적 삶의 한계상태들에 대한 프루스트의 친숙함을 드러내는 이런 꿈과 별개로, 종종 잠은 서사 속에

쉽게 끼어드는 몽상을 향한 도약대가 된다. 어떤 이름, 어떤 얼굴, 어떤 풍경…, 이런 사소한 것들이 화자를 그런 몽상의 상태로 이끈다. 그는 그것들을 상상과 연계하며, 상상력을 "아름다움을 누리기 위한 나의 유일한 기관"이라고 쓴다. 기괴하지도 않고, 터무니없지도 않은 그 몽환적 상태들은 그를 인간성의 한계까지 이끌어, 그를 낯선 정신적 공간의 탐험가로 만든다. 그 시대에는 거의 알지 못했으며 우리가 이제 겨우 접근하기 시작한 정신적 공간 말이다. 프루스트는 꿈을 때로는 악마적이고 때로는 예언적인 것으로 간주했던 초현실주의자들 같은 몽상가가 아니다. 프루스트의 꿈은 정체성의 소멸과 말로 표현할 수 없는 것의 가장자리를 다룬다. 그렇게 꿈 아래까지 잠수하는 글쓰기를 통해 화자는 기억이 없는 지점, 시간 자체가 지워지는 지점에 이르려고 애쓴다.

그는 오늘날 정신분석 임상의학에서 제어하는 극단적 상태들에 근접했다. 자폐증을 앓는 일부 사람들은 극한의 상태들을 상쇄하는 감각의 범람을 느끼는데, 결과적으로 그 상태들을 제어하지 못하고, 그에 대해 말하지도 못한 채 그 상태에 매몰되고 만다. 그런 정신적 재앙에는 자아가 없다. 이해도, 기억도, 공간도, 시간도 없다. 프루스트의 비범한 대담성은 오히려 한계상태까지 내려갔다가 돌아와서 이름 없는 것을 말로 표현해 우리와 공유한다는 데 있다. 그 발작성 경험을 놀랍도록 소박하게 그려내는 능력에서 나는 탐험가 프루스트의 새롭고 전복적인 현대성을 발견한다. 그는 영국인 정신분석학자 프랜시스 터스틴이 "내인성 자폐증"이라고 부르는 것을, 우리 모두에게 깃들어 있어 우리를 불안정하게 만들고, 몇몇 드문 예술작품들만이 가닿는 그것을 소통 가능한 것으로 만드는 데 이른다.

따라서 그렇게, 잠과 꿈의 글쓰기를 통해 화자는 마침내 시간에서 벗어난다. 그는 정신 현상의 한계에 이르기 위해 소통의 세계에서 빠져나와, 욕망의 세계를 버리고, 죽을 만큼 격렬한 사랑의 욕망마저 버리고, 심지어 조롱조차 망각한다. 그의 대담성은 철학과 과학보다 문학이 그 위험성을 더 많이, 더 잘 성찰할 수 있음을 보여줌으로써 깊은 내면의 경험을 말했다는 데 있다. 잠을 지독히도 못 자고 눈 뜬 채 꿈을 꾸던 그는 잠의 소설가일까? 앞으로 있을 탐구의 선구자일까?

《소돔과 고모라》 2부에서, 피로로 지친 화자는 깊은 잠의 여러 단계를 이렇게 묘사한다.

어쩌면 우리는 매일 저녁 잠자는 동안 고통에 시달릴 위험을 감수하면서, 우리가 의식하지 못한다고 믿는 수면 동안 느끼는 것이기에 그것이 무의미하고 일어나지 않았다고 여기고 있는지도 모른다. 실제로 라 라스플리에르에서 늦게 돌아오는 저녁마다 나는 몹시 졸렸다. 하지만 추위가 닥쳐오면 나는 바로 잠들지 못했다. 벽난로 불이 전등을 켠 것처럼 환했기 때문이다. 그러나 그것은 난롯불이어서—저녁이 내릴 때의 햇빛처럼, 또한 전등처럼—지나치게 맹렬하던 그 빛도 이내 사그라들었다. 그러면 나는 잠에 빠져들었는데, 그 잠은 우리가 우리의 거처를 버려두고 잠을 자러 찾아가는 두 번째 처소 같은 것이었다. 그곳엔 그곳의 벨이 있어 때때로 우리는 귀에 분명하게 들리는 벨 소리에 화들짝 놀라 잠에서 깨어나곤 했는데, 벨을 누른 사람은 아무도 없었다. 그곳엔 하인들도 있고, 함께 외출하자고 찾아오는 사적인 손님들도 있어서, 우리가 일어나려고 보면 우리는 다른 처소, 깨어 있었던 때의 처소로 옮겨와 있고, 침실도 비어 있고 아무도 오지 않았다는 사실을 확인하게 되는 것이다. 그곳에 사는 종족은 최초 인류가 그랬듯이 양성구유자들이다. 그곳에선 한 남자가 잠시 후에 여자의 모습으로 나타나곤 한다. 그곳의 사물들은 인간으로 변하는 능력을 갖췄고, 인간은 친구가 되기도 하고 적이 되기도 한다. 그런 잠을 자는 동안 잠자는 사람에게 흘러가는 시간은 깨어 있는 사람의 삶이 실현되는 시간과 절대적으로 다르다. 때로는 그 흐름이 너무 빨라 15분이 꼭 하루 같고, 때로는 훨씬 길어서 가벼운 낮잠을 잔 것 같은데 온종일 잠을 잔 것이다. 그럴 때 우리는 잠의 마차를 타고 깊은 곳으로 내려가는데, 기억이 그곳까지 따라오지 못해서, 정신은 길을 거슬러 올라갈 수밖에 없다. 잠의 마차는 태양의 마차와 유사해서 어떤 저항으로도 멈춰 세울 수 없는 대기 속에서 더없이 일정한 걸음으로 나아가기에, 고른 잠에 타격을 입히려면(그렇지 않다면 멈출 이유가 전혀 없는 잠은 수 세기가 흐르도록 일정한 움직임을 이어갈 테니까), 그리고 마차가 갑작스레 방향을 돌려 현실로 돌아와 여러 단계를 건너뛰고, 삶의 인접 지역들을 가로지른 뒤―이곳에서 잠자던 사람은 삶에서 들려오는, 아직은 희미하고 변형되었어도 이미 감지되는 웅성거림을 듣게 될 것이다—갑자기 깨어나려면 우리에게는 낯선 운석 조각이 (어떤 낯선 존재가 하늘에서 던진?) 하나쯤 필요하다. 그러면 우리는 자신이 누구인지 모르고, 그 누구도 아니고, 그때까지 이어온 과거의 삶이 머리에서 비워진 채, 완전히 새롭고, 무엇이든 할 준비가 된 상태로 새벽에 그 깊은 잠에서 깨어난다. [40]

---

[40] 《소돔과 고모라》, p. 1493~1494.

프루스트와 함께하는 여름

현대적인 작가, 프루스트

"속하느냐 (…) 속하지 않느냐."
-《소돔과 고모라》

화자의 친구인 로베르 드 생루는 위와 같은 말로 베르
뒤랭 살롱을 가리킨다. 그는 그 '집단'에 속하길 바라지
않고, 무엇보다 그곳에 소개되기를 바라지 않는다. 생
루는 이 사교 모임에 속해서 모든 초대에 응하는 화자
와 샤를뤼스 남작에게 그렇게 맞선다. 따라서 저자에
게는 사교계에서 처신하는 두 가지 가능성이 있다. 그
저 제 진영을 선택하면 되는 것이다….《잃어버린 시간
을 찾아서》의 인물들에게는 이 일이 참으로 간단해 보
인다. 평생 사회적 정체성 문제를 안고 살았던 마르셀
프루스트에게는 어쩌면 그것이 덜 간단했는지도 모른
다. 유대인이자 가톨릭 교인이며, 은둔자이면서 사교계
인사인 프루스트는 이 이중성을 감내해야 했는데, 그가

끊임없이 피해 달아났던 이 분열은 오늘날에도 우리가
그에 대해 떠올리는 이미지를 여전히 지배하고 있다.

***

  사회, 문화, 종교 분야에서 프루스트의 이중적 소
속에 대해 말하지 않고 그에 대해, 그의 갈등, 그의 고
통, 그의 힘에 대해 논하기란 불가능하다. 병약한 아이
였던 그는 파리 코뮌이 한창일 때 유대교인인 어머니
와 가톨릭 교인인 아버지 사이에서 태어났다. 그는 평
생 어느 집단에도 '소속'되지 않으려고 애쓰고, 동화되
지 않으려고 피한다. 그에게 딜레마는 햄릿의 딜레마
인 "사느냐, 죽느냐"가 아니라, "속하느냐, 속하지 않느
냐"였다. 이런 태도로 그는 프랑스 사회를 통렬히 비난
하는데, 그의 말에 따르면 프랑스 사회는 소속을 모든
실존의 조건으로 삼는다는 것이다. 그는 분류를 좋아
하지 않고, 모든 것의 주변에 머무는 걸 선호하며, 오늘
날 우리가 집단주의라고 부르는 것, 파벌주의에 갇히
는 데 대해 극도로 경계심을 보였는데, 그렇다고 그가

프루스트와 함께하는 여름

어떤 대의에도 동조하지 않은 건 아니었다.

요컨대, 이 소설에서 알프레드 드레퓌스가 빈번히 언급된다는 사실은 프루스트가 이 '사건'에 기울이는 관심을 드러낸다. 그는 친구들인 자크 비제, 로베르 드 필레르, 레옹 브룅슈빅, 루이 드 라 살, 알레비 형제와 함께 〈104인 선언〉을 조직하면서 그 사건에 깊이 가담했는데, 이 선언에 서명한 사람이 한 달 뒤에는 3천 명에 달했다. 그러나 그는 무엇보다 자신이 속한 진영도 피하지 못한 부패를 알고서 이내 실망하고, 결국 그 사건에서 빠져나오고 모든 형태의 참여를 멀리하게 된다.

그는 대성당들을 폐쇄하길 바랐던 독단적인 반교권주의를 단호히 멀리했다. 불가지론자이자 맹신에 대해 대단히 냉소적이었던 프루스트는 콩브레-일리에라는 신비를 만들어낸 문화적 기억을 일소하려는 반계몽주의적 시도들에 격렬히 항거했다. 작가 자신도 그 신비의 일부로서 문화적 기억에 새겨져 프랑스 문학의 팡테옹에 자신의 자리가 확보되길 희망했다. 생트-뵈브를 반박하는 에세이보다는 이 소설로, 그는 프랑스 고전주의의 최고봉이라 할 세비녜 부인이나 생-시몽의 글과 경쟁하듯이 교회의 장미 창이며 파이프오르간과 경쟁했다.

대성당의 고딕 예술이든 베네치아의 바로크 예술이든 기독교 예술을 넘어설 것. 시골 아낙인 프랑수아즈의 잔인한 섬세함 속에, 베르뒤랭 일가 같은 퇴폐적이고 우스꽝스러운 부르주아 계층 속에, 그레퓔 일가나 게르망트 일가처럼 시대에 뒤진 거만한 귀족 계층 속에 환생할 것. 프루스트는 자신의 소설 예술을 '실체변화'[41]라는 가톨릭 전례와 어깨를 나란히 겨루겠다는 야망으로 경험했다. 이 용어는 빵과 포도주가 그리스도의 육신을 대리하거나 오히려 그리스도의 몸으로 변환되는 성찬을 가리킨다. 성체를 배령하는 자는 그리스도의 인성과 신성의 실재 속에서 그리스도를 먹고 마신다. 프루스트에 따르면 글쓰기는 말을 '물질과 삶의 특질'로 바꾸는 일종의 성찬 전례의 실체변화인 것이다. 말은 삶 자체가 되고, 글쓰기는 '경험의 찌꺼기'일 뿐인 현실을 넘어선다. 글쓰기를 규정하기 위해 사용

---

41 성체성사에서 사제의 축성으로 빵과 포도주가 그리스도의 몸과 피로 변화되는 현상.

된 '실체변화'라는 말은 우리가 글 속에서 '경험'을 구하도록 촉구한다. 명확히 말하자면 독일어가 지닌 이중적 의미로 그렇다. 즉각적인 파악, 분출, 섬광 같은 체험Erlebnis, 그리고 앎, 수동적인 지식으로서의 경험 Erfahrung이라는 의미로 그렇다. 프루스트는 항상 이 둘의 교차로에 자리하고 있다. 충격과 실험의 교차로에.

프루스트 이후로 우리는 그가 소설 속에서 모색하던 그 '무신론의 미덕'을 잃지 않았는가? 초현실주의자들은 사랑에 미쳤고, 실존주의자들은 정치적 혁명을 숭배하는 데 몰두했으며, 누보로망은 유미주의의 명예를 되살렸고, 오늘날엔 팩션이 초자아의 스캔들을 떠받들고 있다. 프루스트는 이쪽에도 저쪽에도 속하지 않고 끊임없이 가로지르고 뛰어넘으며 그의 뒤를 잇는 문학을 위험하게도 사방으로 분산시킨다. 그는 안에서 그리고 밖에서, 중심에서 그리고 변두리에서, 타인들의 생살과 자신의 생살을 벤다. 가학적으로, 냉소적으로, 그리고 정확하게. 그리고 '속하기'를 바라는 모든 사람을 줄곧 훼방한다.

가톨릭 신앙에 대한 프루스트의 매혹은 이 책 전체

에 걸쳐, 특히《스완네 집 쪽으로》에서 화자가 콩브레의 거리를 거닐다가 마을의 성당을 마주하게 되었을 때 잘 드러난다.

콩브레 성당의 후진後陣에 대해 무슨 말을 할 수 있을까? 그것은 참으로 조잡해서 예술적 아름다움은커녕 종교적 열정마저 찾아볼 수 없었다. 밖에서 보면 아래쪽으로는 길들이 교차하고 있었고, 조잡한 벽은 자갈이 삐죽삐죽 튀어 나왔으며, 전혀 다듬어지지 않은 석조 토대 위에 세워져 있어 도무지 성당다운 구석이라곤 보이지 않았고, 채색 유리창들은 지나치게 높은 곳에 뚫려 있어, 전체적으로 성당보다는 감옥 담장처럼 보였다. 그러니 훗날 내가 본 그 모든 찬란한 후진을 떠올릴 때도 콩브레 성당의 후진과 비교해볼 생각은 한 번도 떠오르지 않았다. 다만 어느 날, 작은 시골길을 돌아서다가 세 개의 골목길이 교차하는 지점 맞은편에 우뚝 솟은 조야한 담장 하나를 보았는데, 채색창이 높은 곳에 뚫려 있어 콩브레 성당 후진처럼 균형이 어그러진 모습이었다. 그 순간 나는 샤르트르나 렝스의 대성당처럼 그곳에 종교적 감정이 얼마나 힘있게 표현되었는지는 생각해보지도 않고, 무심코 외쳤다. "성당이다!"

성당! 북쪽 문이 있는 생틸레르 거리에, 라팽 씨의 약국과 루아조 부인의 집 사이에 떨어지지 않고 꼭 붙어 있는 친근한 성당. 콩브레의 거리들에 번지수를 매겼더라면 평범한 시민인 콩브레 성당에도 번지가 붙었을 테고, 우편배달부가 아침마다 배달할 때 라팽 씨 집에서 나와 루아조 부인의 집으로 들어가기 전에 그곳에 멈춰 섰을 텐데, 그럼에도 성당과 성당이 아닌 모든 것 사이에는 내 정신이 한 번도 넘어서지 못한 어떤 경계선이 있었다. 루아조 부인이 창문에 놓아둔 푸크시아 화분은 고개 숙인 가지를 늘 사방으로 뻗는 고약한 버릇이 있었고, 꽃들이 커지면 충혈된 보랏빛 뺨을 성당의 어두운 벽면에 대고 서둘러 열을 식히려 들었지만 내 눈에 푸크시아꽃은 성스러워지지 않았다. 내 눈은 꽃이 기댄 거무스레한 돌과 꽃 사이에서 아무런 간극을 지각하지 못하나, 내 정신은 둘 사이에 심연을 두고 있었다.[42]

---

[42] 《스완네 집 쪽으로》, p.58.

6장

장소들

- 미셸 에르망

01

독자의 초상

> "책의 초안을 잡는 건 우리의 열정이지만
> 책을 쓰는 건 열정들 사이의 휴식이다."
>
> ─《되찾은 시간》

위대한 소설의 배후에는 우리가 포착할 수 있도록 저자
가 녹여서 표현해낸 현실의 경험이 숨어 있다. 《잃어버
린 시간을 찾아서》의 마지막 권에서 고통에 관한 성찰
중에 나오는 이 문장이 증언하듯, 마르셀 프루스트는 이
주제에 관해 많이 고심했다. 그가 말하는 열정들이 프루
스트의 짧은 삶을 점점이 물들였다. 지금까지도 세세히
관찰되고 분석되고 있는, 독특하고 열정적인 삶이다.

***

저만의 천일야화로 이루어진 마르셀 프루스트의 삶
은 비극의 감정 위에 세워졌다. 그것이 그에게 놀라

운 통찰력을 안겼으며, 인간의 마음과 정신이 만들어 낸 "미지의 기호들로 쓰인 내면의 책을 해독하려는" 계획을 품은 《잃어버린 시간을 찾아서》 전체가 그 통찰력을 증언한다. 나는 프루스트의 전기를 쓰기 위해, 부인할 수 없는 그의 매혹에서 벗어나, 어찌 보면 그의 삶을 창작해내야 했다. 그러나 나는 존재의 특성이 불쑥 나타날 수 있는 건 삶의 불규칙성과 부재를 통해서라는 걸 금세 깨달았다. 어떤 삶을 파악하는 일은 사실과 자료, 증언들로만 이루어지는 것이 아니며, 그런 흔적들이 전기작가의 상상력과 만나야만 한다. 물론 나는 마르셀 프루스트의 삶을 상상했지만 그렇다고 지어내진 않았다. 내가 그의 삶을 상상한 것은 그 실존의 흐름을 재건해서 왜 그가 자신의 삶을 책으로 쓰면서 꿈을 꿔야만 했는지 이해하기 위해서였다.

병약하고, 경박하며, 차 마시기를 즐기는 사교계 인사라는 이미지—아마도 자크-에밀 블랑슈가 그린 그 유명한 초상화, 시선과 표정이 경직된 프루스트의 초상화가 널리 퍼뜨린 이미지—가 조금도 사실에 부합하지 않는다는 것을 나는 금세 깨달았다. 실제로 프루스

프루스트와 함께하는 여름

트는 맥주와 샴페인, 그리고 커피를 몹시도 좋아했다! 더 엄밀히 말하자면 그는 굳은 의지와 담대한 용기를 가진 사람이었다. 결투를 좋아하는 그의 취향을 그 증거로 들 수 있겠다. 스물다섯 살이라는 젊은 나이에 그는 "난해함에 반대하며Contre l'obscurité"라는 제목의 글에서 말라르메와 논쟁하길 주저하지 않았다. 모든 인상은 추상 속에서만 절정에 달할 수 있다고 보는 시인 말라르메는 후배를 대화로 초대하며 응답하는데, 후배 작가는 상징주의는 혼돈의 예술이며, 자신은 소설가로서 그 미학에 맞서겠다는 입장을 견지한다. 여기서 우리는 선배 작가에게 위축되기를 거부하는 단호한 성격의 프루스트를 본다. 그리고 1897년 겨울 어느 날엔 뫼동 숲에서 장 로랭과 진짜 결투를 벌이기도 했다. 장 로랭은 프루스트가 뤼시앙 도데와 맺어온 내밀한 관계를 폭로할 의향을 내비친 인물이다. 입회인들이 파견되었으나 합의는 결렬되었고, 총알 두 발이 오갔다. 결과는 나지 않았다. 프루스트는 이런 경우에 흔히 하듯이 총을 허공에 쏘지 않고 상대를 겨냥했지만, 살짝 빗나간 것이다. 이날, 그는 파브리스 델 동고[43] 같은 영웅

이 된 기분이었다.

　나는 조금 우연히 프루스트 작품을 처음 읽게 되었다. 대학생 때 어느 헌책방에서 '블랑슈' 총서로 출간된 《스완네 집 쪽으로》 판본을 발견했다. 그 책을 사고는 즉각 소설의 도입부에 매료되었는데, 도입부가 펼쳐지는 그 방을 나는 연금술의 방이라 말하고 싶다. 그곳에서는 몸의 기억이 추억을 문학으로 바꿔놓기 때문이다. 그 후 스완, 오데트, 베르뒤랭 같은 인물들은 모두 연이은 수정을 거치며 윤곽이 그려지는데, 그들의 태도만큼은 끝내 완전히 설명되지 않았다. 요컨대 우리가 겉모습만 포착할 뿐 전적으로 알지는 못하는 이 인물들이 내게는 실제 삶에서 벌어지는 일을 구현해 보이는 것 같았다. 결정적으로 내게 엄청난 감동을 준 건 프루스트가 망각의 파괴력에 맞서 싸우며 유쾌하면서 심각하고, 슬프면서 기쁜 삶을 있는 그대로 표현했다는 점이다.

　이런 의미에서 라리비에르 일가를 둘러싼 여담은

---

43 스탕달의 소설 《파르마의 수도원》의 남자 주인공.

《잃어버린 시간을 찾아서》에서 내게 언제나 감동을 주었고, 읽을 때마다 여전히 감동을 주는 구절 중 하나다.

다음의 인용문에서 프루스트는 얼핏 보기엔 사소해 보이는 일화를 통해 애국심과 깊은 인간애를 동시에 보여준다. 부모님의 요리사인 프랑수아즈의 조카가 죽은 일과 관련된 일화다. 여기서 그는 라리비에르 가문의 이야기를 역사와 섞으면서 처음으로 소설의 행간에 모습을 드러내고는 삶이 슬픈 정념들로만 이루어진 건 아니라는 사실을 다시 한번 증언한다.

프랑수아즈의 조카 하나가 베리오바크에서 전사했는데, 예전에 큰 카페를 운영하면서 재산을 모은 후 오래전에 은퇴한, 프랑수아즈의 그 백만장자 사촌의 조카이기도 했다. 죽은 조카는 재산은 없이 작은 카페를 운영하다가 스물다섯 살에 군대에 징집되면서 젊은 아내에게 카페를 맡겨둔 채 몇 달 뒤에 돌아올 생각으로 떠났다. 그리고 전사한 것이다. 그러자 이런 일이 벌어졌다. 프랑수아즈의 백만장자 사촌 가족은 그들 조카의 미망인인 젊은 여자와는 아무 관계도 아니었지만, 10년 전에 은둔한 시골을 떠나 돈은 한 푼도 받지 않고 다시 카페지기가 되었다. 진짜 귀부인인 백만장자의 아내는 매일 아침 6시부터 '숙녀'인 딸과 함께 복장을 갖추고 조카의 배우자를 도울 준비를 했다. 3년 가까이 그들은 아침부터 저녁 9시 반까지 하루도 쉬지 않고 잔을 씻고, 음료를 내왔다. 이 책에는 허구가 아닌 사실은 하나도 없고, '실존' 인물도 전혀 없으며, 모든 것이 내가 논증의 필요에 따라 지어낸 것인데, 내 나라를 칭송하기 위해, 은퇴 생활까지 청산하고 의지할 곳 없는 조카를 도우러 나선 프랑수아즈의 백만장자 사촌 가족 만큼은 실존하는 인물들이라는 사실을 말해야겠다. 그들은 이 책을 절대 읽지 않을 터이기에 그들의 겸손에 누가 되지는 않으리라고 믿고, 그들과 마찬가지로 행동함으로써 프랑스가 존속할 수 있게 해준 수많은 다른 사람들의 이름을 모두 인용할 수는 없으니, 나는 어린아이처럼 천진한 즐거움과 깊은 감동을 느끼며 여기에 그들의 진짜 이름을 적는다. 게다가 그들은 대단히 프랑스적인 이름을 가졌으니 바로 라리비에르다. 내가 쥐피앵 네에서 본 청년, "시내에서 조찬을 한다는" 레옹을 그저 열시 반에 만날 수 있을지에만 관심을 기울이던 스모킹 재킷 차림의 오만한 청년 같은 몇몇 추한 복병들이 있긴 해도, 그들은 생탕드레데샹의 그 엄청난 프랑스인 군중이

있어, 내가 라리비에르 집안 사람들과 동등하게 여기는 그 모든 숭고한 병사들이 있어 상쇄되었다.[44]

44 《되찾은 시간》, p. 2246.

02

콩브레

"잠든 사람은 자기 주위에 시간의 끈을,
세월과 세상의 질서를 동그랗게 두르고 있다."
– 《스완네 집 쪽으로》

《스완네 집 쪽으로》를 펼쳐 든 독자는 잠을 자려고 애
쓰는 화자와 함께 어느 방에 있게 된다. 화자는 잠들고,
깨어나고, 다시 잠들고, 꿈의 세계에 가만히 자신을 맡
기고, 결국 시간과 공간 속을 여행하기에 이른다. 그는
그렇게 자신이 지냈던 모든 방을 떠올린다. 그중 하나
는 다른 방들보다 훨씬 선명하게 떠오르는데, 콩브레에
서 보낸 어린 시절의 방이다. 메제글리즈나 게르망트
쪽에서 화자가 가족과 함께 휴가를 보낸 가상의 장소가
주요 장면들―잠자리의 비극 또는 마들렌을 처음 맛본
순간―의 무대가 될 것이다.

* * *

   콩브레로, 특히 레오니 고모 집으로 대표되는 어린 시절의 전원적이며 육감적인 공간은 가족이 휴가지로 자주 찾았던 오퇴유에 있는 프루스트 외삼촌의 집이나, 보스와 페르슈 사이의 작은 마을 일리에에 있는 고모의 집에서 차용한 것인데, 그곳에서는 시간이 멈춘 듯 보인다. 어린 마르셀 프루스트는 아홉 살까지 많은 부활절과 여름방학을 그곳에서 보냈다. 오퇴유가 산사나무와 마로니에가 심어진 공원과 더불어 어린 시절의 진짜 정원이었다면, 일리에에는 마르셀의 상상계에 선명하게 흔적을 남겼고, 콩브레의 주된 모델이 된다. 콩브레라는 이름은 샤토브리앙의 콩부르[45]와 《사후 회고록》에 바치는 오마주로, 이 책에서 샤토브리앙은 《잃어버린 시간을 찾아서》의 기억들과 실제로 유사한 무의지적 기억의 한 사건을 이야기한다.

   따라서 이 소설의 기원에는 두 가지 계통이 있다. 어

---

45 프랑스 브르타뉴 지방의 도시로, 샤토브리앙이 유년 시절을 보낸 곳이다.

머니 쪽인 오퇴유와 아버지 쪽인 일리에다. 콩브레를 둘러싸고도 두 계통이—그리고 두 사교계가—, 즉, 게르망트 쪽(주인공에게 작가의 꿈을 불러일으킨 프랑스 옛 귀족의 세계)과 메제글리즈 쪽(부르주아적 삶의 장소이자 여성들을 만나는 공간)이 있다. 거의 이원적인 지리가 공간을 구성한다. 한쪽에는 산사나무와 라일락이 핀 보스 들판과 스완 공원의 관능적 꽃들이 있고, 다른 편에는 이상적인 여성을 떠올리는 비본의 수련이 피어 있는 물과 강의 풍경이 있다.

사회학적 관점에서 콩브레 지역은 숭배의 장소라기보다는 기억의 장소인 성당들이 앞다투어 상징하는, 전통적인 프랑스의 시골을 대표한다. 생틸레르 성당을 예로 들자면, 그 지하납골당은 메로빙거 왕조 시대의 것이며, 채색 유리창은 흘러간 수 세기의 먼지로 반짝이는 빛의 융단을 연상시킨다.

레오니 고모의 집은 좁고 음울한 계단으로 분리된 두 부분으로 구성되었는데, 그 계단을 화자는 겁을 내며 떠올린다. 프랑수아즈가 다정한 애정을 담아 요리를 뭉근히 끓이는 부엌 덕에 무엇보다 사교와 쾌락의 공간인 일층은 침실들이 있는 이별의 공간인 이층과 대조된다. 정원의 그 유명한 종이 울려 방문객이 왔음을 알릴 때 잠을 자러 계단을 올라가는 건 어머니와의 이별을 각오하는 것이다. 어느 날 저녁, 아이는 계단으로 이어지는 복도에서 어머니의 동정을 살피고 어머니가 자기 방으로 와주기를 간청한다.

콩브레는 소설 전체에 걸쳐 상상의 속살거림을 들려주며 화자의 행복과 불안과 불가사의를 품은 어린 시절의 시간을 재현한다.

《스완네 집 쪽으로》는 감각의 즐거움과 연계된 행복한 기억들로 넘쳐나는데, 프루스트는 호화로운 성찬의 묘사를 통해 독자의 미각과 상상을 채워줄 기회를 놓치지 않는다. 어느 점심식사 시간에 소설가는 섬세한 미식가가 되어 고향의 요리―어린 시절의 요리―를 자랑하듯 묘사한다.

(…) 정오를 알리는 도도한 시간이 열두 송이 꽃 모양의 소리 왕관을 잠시 두른 생틸레르의 종탑에서 내려와 우리의 식탁

주변으로, 역시나 성당에서 나온 축성된 빵 주위로 울려 퍼지고도 한참 지났건만 우리는 더위에 지치고, 무엇보다 식사로 노곤해진 몸으로 〈천일야화〉가 그려진 접시들 앞에 여전히 앉아 있었다. 프랑수아즈가 이젠 우리에게 알리지도 않고 항상 내놓는 달걀, 갈비, 감자, 잼, 비스킷은 기본이고, 밭과 과수원의 수확물, 해산물, 우연히 구입한 것, 이웃들이 친절하게 가져다준 것, 그녀가 수완으로 구한 것들까지 곁들여 우리 집 식탁은 18세기 대성당의 정문에 새겨지곤 했던 네 개의 잎사귀 문양처럼 사계절의 리듬과 삶의 우여곡절들을 상당히 담아내고 있었다. 생선가게 여주인이 신선하다고 장담한 넙치, 루생빌르팽 시장에서 본 김에 구매한 실한 칠면조, 그녀가 우리에게 한 번도 해준 적 없는 요리법으로 골수를 곁들여 요리한 카르둔, 바깥 공기를 쐬고 나면 식욕이 돋는 데다 소화할 시간이 일곱 시간이나 충분히 남아 있었기에 준비한 양 넓적다리 구이, 기분전환용으로 마련한 시금치 요리, 아직은 귀하기에 내놓은 살구, 보름만 지나면 구할 수 없을 터여서 준비한 구스베리, 스완 씨가 특별히 가져온 산딸기, 2년 동안 열매를 맺지 않던 정원의 벗나무에 열린 버찌, 내가 예전에 정말 좋아했던 크림치즈, 그녀가 전날 주문해둔 아몬드 케이크, 이번에는 우리가 선사할 차례였기에 내놓은 브리오슈 등이 식탁에 올랐다. 이 모든 것이 끝난 뒤에도, 우리 모두를 위해 일부러 준비했지만, 특히 좋아하는 나의 아버지에게 바치는 초콜릿 크림이 나왔는데, 프랑수아즈는 정성을 기울여 자신의 온 재능을 쏟아부어 만들었음에도 마치 임시변통으로 만든 것처럼 가볍게 내놓았다.[46]

46 《스완네 집 쪽으로》, p. 64~65.

발베크

> "사춘기는 우리가 무언가를 배운
> 유일한 시간이다."
> – 《꽃핀 소녀들의 그늘에서》

마르셀 프루스트의 소설은 한 사람의 삶을 가로지른다.
여러 인물 주위를 맴돌며 나이에 따라 성장하고 변화하
는 모습을 보여주는 화자의 삶이다. 《꽃핀 소녀들의 그
늘에서》에서 우리는 발베크에서 사춘기를 보내는 그를
만난다. 그는 할머니를 따라 발베크의 해수욕장으로 가
는데, 그곳은 그의 삶에 깊은 영향을 미치게 될 모든 만
남의 공간이 된다. 거기서 그는 로베르 드 생루, 샤를뤼
스, 화가 엘스티르, 그리고 무엇보다 알베르틴 시모네
를 알게 된다. 따라서 발베크는 새로운 발견과 견습의
장소다. 이곳은 《잃어버린 시간을 찾아서》에서 화자가
두 번 체류하는 신비롭고 빛나는 장소로, 프루스트가
1907년부터 1914년까지 카부르에서 보낸 여름을 환기

하는 곳이다.

***

어린 시절에 프루스트는 노르망디 해안의 디에프, 울가트, 카부르, 트루빌에서 수차례 여름휴가를 보냈다. 벨 에포크 시대에 그곳은 상류층이 여름 휴가와 사교생활을 즐기던 휴양지였다. 그곳 사람들은 오늘날처럼 해변에서 빈둥거리지 않았다. 그들은 수영을 즐기면서 해수욕에 의료 효과가 있다고 믿었는데, 특히 신경 질환 치료에 효과적이라고 믿은 것이다. 소설 속에서 주인공이 열여섯이나 열일곱 살에 발베크에 처음 체류한 것도 물치료를 받기 위해서였다. 그러나 중요한 건 화자가 노르망디 휴양지에서 사랑과 예술에 입문했다는 것이다.

콩브레에 이어 발베크는《잃어버린 시간을 찾아서》의 또 다른 가상의 장소다. 베네치아처럼 이곳은 무엇보다 주인공이 꿈꾸고 환상을 품는 곳이다. 스완이 파도에 내맡겨진 듯 바닷가 절벽 위에 우뚝 선 페르시아

양식의 고딕 성당에 관한 이야기를 들려준 이후부터였다. 화자 청년은 그 성당을—프루스트가 노르망디 고딕 양식 건축에 관한 러스킨의 글에서 깊이 영감을 받은—보러 발베크로 가기 위해 생라자르 역에서 수차례 기차를 탔다.

발베크라는 이름은 레바논의 바알베크라는 도시와 코Caux 지방의 볼베크 시의 이름에서 온 것이다. 따라서 발베크는 가상의 페르시아 도시이고, 현실적으로는 주변이 일부 브르타뉴 경치를 닮았으나 노르망디 도시이며, 주인공은 그곳에서 그 시절의 신흥 여가계층을 형성하던 부유한 파리지앵들과 유명인사들 무리와 마주친다. 생루와 엘스티르—어느 만찬 자리에서 우연히 만난 주인공을 자신의 작업실에 초대한—외에도 그는 자전거를 탄 아름답고 당당한 소녀들을—제방 위를 달리며 젊음을 과시하는—알게 된다. 그는 여러 명을 상대로 연정을 느끼는데, 특히 해변의 빛나는 여배우인 알베르틴은 그에게 사랑의 몽상을 부추기고, 바다 풍경과 떼어놓을 수 없는 존재로 그의 뇌리에 각인된다. 그가 불안정한 욕망과 동성애 성향을 짐작한 그녀와 진짜 관계를 맺게 되는 건 두 번째 체류 동안이다.

발베크는 바다와 계곡이 내려다보이는 창문이 있는 프리즘 같은 침실에서 때때로 감탄하며 바라보는, 시시각각 변하는 빛이기도 하다. 감각에 나타나는 것을 보여주려는 인상주의적인 눈길이 바다와 하늘을 뒤섞는 화자의 은유 곳곳에 자리하고 있다. 그것은 자연을 모방하려 하지 않고 눈길을 풍경 속에 둠으로써 세상을 조각하려는 엘스티르가 주는 가르침이다. 엘스티르는 창작의 길로 화자를 이끄는 중요한 선도자가 된다. 그러니 발베크는 아름다움을 터득하는 학습의 장소라고 할 수 있다.

《꽃핀 소녀들의 그늘에서》에서 화자는 그랑도텔에 체류한다. 그는 이른 아침에 침실에서 창문을 통해 장엄하게 빛나는 바다를 바라보며 인상주의풍으로 묘사한다.

(…) 한 하인이 나를 깨우려고 더운물을 가져왔고, 나는 씻고 나서 가방 속에서 필요한 물건들을 찾느라 공연히 애쓰다가

아무짝에도 쓸모없는 물건들만 뒤죽박죽 끄집어내면서 벌써 점심 식사와 산책이 줄 즐거움을 생각했는데, 선박 선실의 현창으로 내다보듯 창문으로, 그리고 서재의 모든 유리창으로 가느다랗게 일렁이는 선이 창의 절반 높이쯤에서 경계를 그리는, 그늘 없이 발가벗은 바다를 바라보고, 점프대 위에서 뛰어오르는 사람들처럼 차례차례 솟구치며 몰려드는 파도를 눈으로 좇는 일은 참으로 즐거웠다! 호텔 이름이 새겨져 있고 풀을 먹여 뻣뻣한 수건으로 얼굴의 물기를 닦으려다가 잘 닦이지 않아 수건을 손에 든 채 나는 창가로 돌아가 반원을 그리며 광대하게 펼쳐진 눈부신 산 쪽으로, 여기저기서 매끈하고 반투명한 에메랄드빛을 발하는 파도의 새하얀 봉우리 쪽으로 눈길을 던졌는데, 파도는 성난 사자처럼 무심히 난폭하게 부서졌고, 태양은 거기에 얼굴 없는 미소를 더했다. 합승마차에서 잠들었다가 보고 싶었던 산맥에 밤새 가까워졌는지 아니면 지나쳤는지 보려고 창유리에 얼굴을 대듯이 나는 매일 아침 창문에 기대어 섰다. 이곳의 바다 구릉들은 종종 아주 멀리 물러났다가 춤을 추며 우리를 향해 돌아오곤 해서, 저 멀리 긴 모래 평원을 지나야 비로소, 토스카나의 원초주의 화가들이 그린 그림의 배경에서 볼 법한 빙하처럼 투명

하고 어렴풋하며 푸르스름한 원경 속에서 첫 물결을 볼 수 있었다.[47]

47 《꽃핀 소녀들의 그늘에서》, p. 534.

04

파리

바로 이것이 화자가 자주 드나들며 관찰하는 법을 배우
는 상류사회를 향해 던지는 비난이다. 사회학자 가브리
엘 타르드의 책을 세심히 읽은 독자인 프루스트는 모방
을 사회생활의 대원칙으로 삼는다. 주인공은 부모님과
함께 게르망트 공작 부부의 저택 한쪽으로 이사한 이후
살롱의 단골이 되었다. 프루스트는 파리에서 계속 살았
기에 파리를 잘 알았다. 그는 오퇴유에서 태어났고, 아
믈랭 길에서 사망했으며, 말레르브 대로, 쿠르셀 길, 오
스만 대로에서 살았고, 콩도르세 고등학교를 다녔으며,
마들렌 광장의 문학 레스토랑들을 드나들었다. 이곳들
은 모두 파리의 북서쪽에 속하고, 당대의 멋쟁이들이
서로를 초대하던 구역이다.

***

　파리는 《잃어버린 시간을 찾아서》의 주된 소설적 배경을 이룬다. 18세기부터 귀족들의 저택이 자리하고 있는 6구와 7구에 걸친 지리적 공간인 포부르 생제르맹에 프루스트는 마들렌 광장, 몽소 평원, 샹젤리제 등 오스만이 기획한 신흥 부르주아들의 파리를 맞세운다. 그리고 우아한 미녀들과 마주칠 수도 있고, 여름날 저녁이면 베르뒤랭 부부가 일 레스토랑에서 저녁 식사를 하러 종종 들르고, 바람기 있는 오데트를 사랑하는 스완이 그들 부부와 합류하려고 서둘러 찾곤 하는 불로뉴 숲이 있다. 《잃어버린 시간을 찾아서》에서 이 숲은 사회적이고 사교적인 장소이지만, 또한 관능과 에로티시즘이 각인된 장소이기도 하다는 걸 덧붙여야 한다. 프루스트는 대로들과 내밀한 연회를 위한 방을 갖춘 레스토랑들도 그려낸다. 이탈리앙 대로와 아르투아 길 (현재의 라피트 길)이 만나는 모퉁이에서 어느 날 저녁 스완은, 온 파리를 다 뒤지고 나서, 메종도레에서 나오는 오데트를 만난다.

베르뒤랭 부부는 마들렌 광장에서 고작 몇백 미터 떨어진 몽탈리베 길에 산다. 우아함과 사교술의 감식가인 그들은 프랑스에서 바그너가 거의 좋은 평가를 받지 못하던 시절에 자신들의 살롱에서 바그너 곡을 연주하게 한다. 이 전위주의는 속물근성과 흥미에 일종의 분별력이 더해진 것이다. 문화적 명성은 무엇보다 사교계의 주식시장에서 베르뒤랭의 상장가를 높여줄 새로운 취향을 창조하는 데 쓰이는 매개체다.

그들의 주거지는 사교계의, 다시 말해 사회의 변화를 보여준다. 그 유명한 위베르 로베르의 분수가 당당히 자리하고 있는 넓은 정원을 갖춘 게르망트 대공의 저택이 7구의 바렌 길에 있다면, 공작과 공작부인의 저택은 몽소 평원(8구)에 있다. 제2 제정 시대부터 그곳은 인기 있는 주거지로 부상했다. 그리고 전쟁 후, 게르망트 대공은 16구의 뒤부아 가(지금의 포슈 가)로 이사한다. 부르주아 정신과 시대 흐름이 지리와 역사를 이긴 꼴이다![48]

주인공이 프랑수아즈와 함께 산책을 하는 건 샹젤리제 아래쪽, 콩코르드부터 마리니 가까지다. 그가 질베르트를 사랑하게 된 것도 그곳이고, 할머니가 공중화장실에서 뇌졸중으로 쓰러진 것도 그곳이다. 놀이터가 있는 샹젤리제 공원은 이루어지지 못한 첫사랑뿐만 아니라 죽음과도 연결된다. 그곳은 결국 고통의 모태 공간 역할을 한다.

파리는 알베르틴과 앙드레가 은밀히 만나는 뷔트-쇼몽 공원, 배회하는 발길들의 대합실이 샤를뤼스 남작에게 이상적인 사냥터가 되는 생라자르 역처럼 수상쩍은 장소와 윤락업소들로 이루어진 음란의 장소이기도 하다.《잃어버린 시간을 찾아서》의 파리는 단지 사교적 공간이 아니라 쾌락에 바쳐진 도시이기도 하다.

프루스트는 자신의 소설을 통해 사교계 인사들의 경박함과 허영심을 강조할 기회를 놓치지 않는다. 특히《게르망트 쪽》에서 빌파리지 부인 집에 초대받아 사교

---

48 파리 7구의 바렌 길은 전통적으로 귀족 저택들이 밀집한 곳이었고, 8구의 몽소 평원은 혁명 이전에는 사냥터였다가 19세기에 점차 주거지로 변신해 현재는 젊은 상류층이 주로 거주하는 지역이다. 16구의 포슈 가는 19세기에 오스만의 도시 계획 이후 파리 상류층의 대표적인 주거 지역이 되었다. 상류층들이 점차 전통적인 귀족 거주 지역을 벗어나 부르주아 계층과 뒤섞이게 되는 과정을 여기서 볼 수 있다.

계의 잔혹성을 지켜보는 주인공을 등장시켜 그 점을
부각한다.

– 저, 마음도 고우신 아주머니, 하고 게르망트 씨가 빌파리지
부인에게 물었다. 제가 들어올 때 나간 풍채 좋은 신사분은
누구시죠? 저한테 정중하게 인사하는 걸 보니 제가 아는 분
인가 본데, 저는 기억이 나질 않아요. 아시다시피 제가 사람
이름을 잘 헷갈리니, 정말이지 난감해요, 하고 그는 흡족한
표정으로 말했다.

– 르그랑댕 씨라네.

– 아, 제 기억이 맞다면 오리안 사촌자매의 어머니의 결혼 전
성이 그랑댕이죠. 잘 알아요, 그랑댕 드 레프르비에 집안이
지요.

– 아니네, 빌파리지 부인이 대답했다. 그쪽은 전혀 상관없다
네. 그 사람들은 그냥 그랑댕일 뿐이야, 아무것도 아닌 그랑
댕. 그렇지만 그들은 뭐든 되고 싶어 하지. 그 사람의 누이가
캉브르메르 부인이라네.

– 이봐요, 바쟁, 아주머니가 말씀하시는 분이 누구인지 당신
도 잘 알잖아요, 하고 공작부인이 버럭 화가 나서 외쳤다. 지

난번에 당신이 무슨 괴이한 생각으로 그랬는지는 모르겠지만 날 만나보라고 보낸 그 거대한 초식동물 같은 여자의 오빠잖아요. 그 여자가 한 시간이나 머물러서 난 미칠 지경이었다니까요. 내가 알지도 못하는 데다, 게다가 암소 같아 보이는 그 여자가 들어오는 걸 보며 처음엔 미친 여자인가 싶었지요. – 오리안, 그 여자가 당신의 일과를 묻는데, 나로선 무례하게 굴 수가 없었어요. 그리고 당신이 좀 과장을 하는 것 같은데, 그 여자가 암소 같진 않잖아요, 하고 그는 투덜거리는 표정으로 덧붙이면서 좌중을 향해 미소 띤 눈길을 슬쩍 던졌다.

그는 반박하는 말로, 이를테면 여자를 암소로(그런 식으로 게르망트 부인은 처음 떠오르는 이미지를 활용해 경구들을 지어내곤 했다) 취급할 수는 없지 않겠냐고 항의하는 반박을 통해 아내의 혈기를 자극할 필요가 있다는 걸 알고 있었다. 그래서 공작은 마치 열차에서 볼 수 있는 사기 도박꾼의 숨은 바람잡이처럼 내색하지 않고 아내가 멋진 경구를 지어내도록 도우려고 천진하게 나섰다.

– 그 여자가 한 마리 암소 같지 않다는 건 인정하겠어요. 암소 여러 마리 같으니까요, 하고 게르망트 부인이 외쳤다. 그 암소 떼가 모자를 쓰고 내 거실로 들어와서 내게 안녕하시냐고

묻는 걸 보고서 내가 얼마나 난감했나 몰라요. 한편으로는 이렇게 대답하고 싶었지요. "암소떼야, 너 착각하고 있는 거야. 암소떼 주제에 나와 교제할 순 없지". 다른 한편으론, 내 기억을 뒤적여보고 나는 결국 당신이 말하는 캉브르메르가 어린 도로테였다고 믿게 되었지요. 나를 한 번 찾아오겠다고 했고, 역시나 암소 같은 도로테 공주 말이에요. 그래서 하마터면 암소떼에게 3인칭으로 말하고 폐하라고 부를 뻔했지 뭐예요. 그 여자도 밥통이 꼭 스웨덴 왕비 같던걸요. 게다가 그 강력한 공격은 모든 전술 규칙에 따라 원거리 사격으로 준비되었더군요. 언제부터인지 모르겠지만 그 여자의 명함 폭격을 받는데, 사방에, 가구마다 광고지처럼 명함이 널려 있었어요. 그 광고의 목적이 뭔지 모르겠어요. 우리 집에는 온통 '캉브르메르 후작 부처'라고 쓰인 명함밖에 보이지 않았고, 무슨 주소가 적혔던데 기억나지도 않고, 게다가 절대로 그걸 써먹을 생각도 없었지요.

– 왕비와 닮았다는 건 기분 좋은 말이잖습니까, 프롱드의 난을 전공한 역사학자가 말했다.

– 오, 맙소사, 우리 시대에 왕과 왕비가 무슨 대단한 거라고요! 게르망트 씨가 말했다. 그는 자유롭고 현대적인 정신의

소유자라고 자부하고 있었고, 사실은 왕실과의 관계를 중시

했지만 그렇지 않아 보이려 애썼다.

자리에서 일어나 있던 블로크와 노르푸아 씨가 우리 가까이

다가왔다.

– 저분에게 드레퓌스 사건에 대해 얘기하셨어요? 빌파리지

부인이 말했다.[49]

---

49 《게르망트 쪽》, p.922~924.

05

베네치아

> "누군가는 아름다움이
> 행복의 약속이라고 했다."
> – 《갇힌 여인》

스탕달의 이 표현을 빌려 쓰는 화자는 탐미주의자다. 그는 어디를 가건 "사물의 내재적 아름다움"에 극도로 주의를 기울인다. 어떤 방, 어떤 음악, 어떤 눈길, 어떤 풍경의 아름다움에. 마르셀 프루스트는 무엇보다 주인 공의 베네치아 체류를 묘사할 때 누구에게 질세라 아름다움에 대한 이 개념을 다양하게 응용한다. 주인공은 게르망트 저택의 안뜰 포석에 발부리를 부딪치자 베네치아에서 보낸 행복한 시간을 회상한다. 그가 예전부터 꿈꾸다가 《사라진 알베르틴》에서 어머니와 함께 방문하게 되는 도시다.

***

　이탈리아 여행, 특히 베네치아 여행은 오랫동안 매번 미뤄지는 즐거움처럼 마르셀 프루스트의 생각을 사로잡았다. 베네치아에 대한 그의 욕망은 러스킨의 작품에 크게 빚졌다. 1900년 5월, 두칼레의 도시[50]에 도착하면서 그는 이 영국 거장의 책《베네치아의 돌Stones of Venice》을 안내서로 삼는다. 이 책의 저자는 궁정건축에 대해 해설하며 그리스 예술과 기독교 예술 사이의 연속성에 대한 의견을 제시한다. 또한《마르코 성인의 안식》에서는 카르파초를 위시해 많은 화가에 관해 얘기한다.《잃어버린 시간을 찾아서》에서는 관능적인 아름다움과 여성의 우아미를 표현하기 위해 티치아노나 카르파초 같은 베네치아 화가들이 자주 언급된다. 머리카락을 풀어헤친 알베르틴은 티치아노의 어느 모델과 비교되고, 카르파초의 그림에서 깊이 영감 받은 모티프를 활용한 디자이너 포르튀니의 드레스들을 알

---

50 베네치아를 일컫는 별칭. 두칼레는 이탈리아어로 '총독'을 뜻한다.

게 되면서 그녀는 그 매력에 빠진다. 베네치아 공화국은 화자가 어린 시절에 할머니로부터 석호를 그린 티치아노의 판화를 받은 날부터 꿈꿔온 장소다.

베네치아는 기억과 상상을 품은 곳으로 이 책의 시작부터 끝까지 신성한 장소로 자리한다. 그곳은 예술과 문화에 관한 기억만이 아니라 인간에 관한 기억도 품었는데, 화자의 시선이 대단히 독특한 방식으로 콩브레 지방과 어린 시절의 인상을 다시 떠올리기 때문이다. 캄파닐레 종탑을 비추는 빛의 효과는 생틸레르의 종탑을 떠올리고, 산마르코 성당의 세례당은 생틸레르의 지하납골당을 떠올리는 것이다. 따라서 베네치아는 무의지적 기억의 대상이 되기 이전에 과거를 되살리게 해준다. 그곳은 유사한 것과 생소한 것의 장소다.

알베르틴과 함께 사는 동안 화자는 그녀에게서 멀리 떨어져 그녀와 맺고 있는 유독한 관계를 청산할 수단으로 진지하게 베네치아 여행을 고려한다. 그러나 그녀가 죽고 나서야 그는 베네치아에서 몇 주를 보내게 된다. 그리고 죽은 여자를 생각나게 하는 젊은 오스트리아 여성에게 반한다. 점차 그는 알베르틴에게 더는 아무런 애착도 느끼지 못함을 깨닫고 결국 그녀의 죽음을 받아들인다. 베네치아를 가로지르는 건 사랑의 열정을 가로질러 망각에 이르는 것이다.

프루스트는 베네치아의 여러 거리를 떠돌며 서민들에 대한 관심을 드러내고 소설에서 여러 차례 그들에 대해 말한다. 아름다운 여자들을 찾아 홀로 운하와 어두운 골목길을 자주 배회하는 화자는 돈 후안의 기질을 명백히 드러낸다. 이 탐색은 독자를 삶의 소리로 떠들썩한 대중적인 베네치아, 관능적인 도시, 베네치아의 통상적인 우울한 이미지와 대비되는 여성-도시로 이끈다.

이 도시의 발견은 《잃어버린 시간을 찾아서》의 제6권 《사라진 알베르틴》에서 물길을 따라 이루어지는데, 프루스트는 이 책에서 대중적인 베네치아를 간략히 그려 보인다.

내가 탄 곤돌라는 작은 운하들을 따라갔는데, 어느 정령의 신비스러운 손길이 이 동방 도시의 뒷골목으로 나를 인도하는 것 같았고, 앞으로 나아갈수록 운하들이 임의로 가느다란 고랑을 그리며 무어풍 건축양식의 작은 창문들이 달린 높다란 집들을 양편으로 살짝 가르면서 내게 동네 한가운데로 길을 터주는 것 같았다. 마치 마법의 힘을 지닌 안내자가 손에 촛불을 들고 내가 지나는 곳마다 비춰주기라도 하듯 운하 앞쪽에서 햇살이 반짝였고, 그 빛에 운하들이 길을 터주었다. 운하가 지나면서 갈라놓는 가난한 주거지들 사이에 운하가 없었더라면 집들이 빽빽이 들어차서 아무런 자리도 남아 있지 않았을 것 같았다. 그래서 마치 물에 잠긴 도시처럼 성당의 종탑이나 정원의 포도 덩굴이 물 위로 삐죽 솟아 있었다. 그러나 정원을 위해서나 성당을 위해서나, 바다가 교통로 역할을 기꺼이 하게 되어 있는 대운하와 마찬가지로 배치된 작은 운하 양쪽으로, 가난하고 오래된 구역의 신자 많은 소박한 교구 성당들이 빈곤층 서민이 빈번히 찾는 꼭 필요한 존재임을 드러내며 물 위로 솟아 있었다. 운하의 물길이 가로지르는 정원들은 놀란 듯 나뭇잎이며 열매들을 수면까지 늘어뜨리고 있었고, 마치 이제 막 톱으로 잘린 듯이 사암이 투박하게 쪼개진 집 끄트머리에서 놀란 아이들이 다리를 늘어뜨린 채 방금 양쪽으로 열려 바다가 가운데로 지나가도록 허용하는 듯

프루스트와 함께하는 여름

한 가동교 위에 걸러앉은 뱃사람들처럼 균형을 유지하고 있었다. 이따금 유독 아름다운 기념물 하나가 방금 연 상자에서 튀어나온 깜짝선물처럼 눈앞에 나타나곤 했는데, 코린트식 기둥과 건물 정면 박공에 우의적인 조각상을 갖춘 상앗빛 작은 사원은 통상적인 사물들 틈에서 생경해 보였다. 우리가 그 사원에 아무리 자리를 내주려 해도 운하가 특별히 남겨준 주랑은 꼭 채소며 과일을 내리는 부두처럼 보였다. 나는 바깥에 있는 것이 아니라 점점 더 비밀스러운 무언가의 내면 깊숙이 들어서는 느낌이 들었다. 작은 건축물이건 뜻밖의 광장이건, 매번 양쪽 옆으로 새롭게 나타나는 무언가는 그 용도나 유용성을 아직 알지 못하는 처음 보는 아름다운 사물들의 놀라운 모습으로 내게 다가왔기 때문이다.

7장

프루스트와
철학자들

- 라파엘 앙토벤

01

독자의 초상

"육체를 가진다는 건
정신에 크나큰 위협이다."
– 《되찾은 시간》

《되찾은 시간》에서 화자는 마침내 자신의 소설을 쓰겠다고 결심한다. 한데 문득 한 가지 걱정이 떠오른다. 사고를 당하거나 내일 죽게 된다면, 어떻게 소설을 마무리할 수 있을까? 그렇게 그는 자신이 어떤 위험에도 안전하지 않다는 것, 자신의 육체가 그를 언제라도 배반할 수 있다는 사실을 문득 깨닫는다. 이 성찰은 그를 위대한 사상가들의 반열에 올려놓는, 또한 《잃어버린 시간을 찾아서》에서 철학의 자리는 무엇인가라는 물음을 제기하는 여러 성찰 중 하나다.

***

《잃어버린 시간을 찾아서》는 하나의 삶에 대한 소설이자, 이야기의 흐름 속에서 피어나는 하나의 사유를 이야기하는 책이지만, 결코 소설화된 에세이의 형태를 띠지는 않는다. 프루스트는 자신이 문학에 관한 논문을 쓴 게 아니라고 주장했다. 그는 자신의 작품이 부당하게도 이론서로 인식되어, "가격표가 붙어 있는 물건처럼" 보이게 될까 봐 겁이 났는지도 모른다.

프루스트는 종종 자신이 철학자, 더더구나 베르그손주의자로 여겨지는 걸 완강히 부인했다. 그는 앙리 베르그손의 외가 쪽 조카뻘이고, 여러 뉘앙스를 무시하고 말하자면 그에게 베르그손은 일종의 쌍둥이 같은 존재이지만 말이다. 하지만 사실 프루스트는, 베르그손이 말했듯 "우리는 결코 사물 그 자체를 보지 못하며 그 위에 붙어 있는 분류표만을 본다"는 사실을 다른 누구보다 잘 아는 베르그손주의자였다.

그러므로 오판하지 말아야 한다. 프루스트는 소설가인 만큼이나 철학자이기도 하다.

《잃어버린 시간을 찾아서》에는 부단히 작동하는, 기억과 특이성에 대한 사유가 그의 이야기에 혼합되고 '접합되어' 있다. 프루스트는 설명할 수 없는 미美, 미학 담론이 말하는 균형이나 규준으로 축소되지 않는 미를 사유하는 철학자다. 프루스트는 그 어떤 이론으로도 포착할 수 없는 미, 그 돌연한 출현이 자명한 만큼이나 수수께끼처럼 나타나는 미의 철학자다. 사실 우리는 모두 아름다운 것이 무엇인지는 알지만 아름다움이 무엇인지는 아무도 모른다. 프루스트는 누구나 할 수 있는 이런 경험을 해볼 기회를 제공한다. 설명할 순 없지만 부인할 수 없는 그 수수께끼 같은 미의 분출, 그런 감정을 느껴볼 수 있게 해준다.

《잃어버린 시간을 찾아서》를 읽을 때(다시 말해, 이 소설에 내가 읽힐 때), 이 책에 삼켜질 때, 포식자에게 굴복의 대가로 자비심을 구하며 몸을 바치듯 두 눈을 꼭 감고 독서에 나를 맡길 때, 내 귀에는 숱한 철학자들의 말이 긴 메아리처럼 울리는 것 같았다. 데카르트, 니체, 쇼펜하우어, 플로티노스, 베르그손… 등, 대부분은 프루스트가 도외시하던 철학자들이었다. 이 소설에는 먼 옛날의 사상가들이 오래전부터 성찰해왔고 한결 건조한 형태로 동시대인들에게 제시했던 문제들 혹은 인상들, 역설들과 찬사들이 곳곳에 널려 있다. 어떤 문제가 수 세기를 가로지르며, 집요하게도 이런저런 특성에 의해 다시 활성화되곤 하는 데는 감동적인 무언가가 있다. 한데 프루스트는 그런 것만 다룬다. 《잃어버린 시간을 찾아서》는 우리가 답을 얻지 못한 모든 것의 집약체다.

내가 이 책을 처음 펼쳐본 건 나의 프랑스어 선생님이었던 마담 모렐의 권고에 따라서였다. 그녀가 "웃음의 소설"이라고 이름 붙인, 바칼로레아 프랑스어 수험용 텍스트 선집에는 《보바리 부인》의 몇 단락, 《웃는 남자》의 발췌문 몇 개, 그리고 "스완의 사랑" 도입부가 들어있었다. 웃음을 자아내는 글⋯. 《잃어버린 시간을 찾아서》에는 그런 글이 그리 드물지 않다. 프루스트는 우리를 베르뒤랭 가의 작은 모임 속으로 빠뜨린다. 지적이기만 하면 바보가 되지 않으리라고 믿는 반-똑똑이들, 바보 예방주사를 맞았다고 믿기 때문에 치유 자체가 불가능한 꽉 막힌 바보들의 모임! 내가 프루스트를 알게 되고 좋아하게 된 건 웃음 때문이지만, 또한 우울憂鬱에 대해 말하는 그의 능력 때문이기도 하다. 우울, 이 이유 없는 고통은 아주 특별한 추억, 현재에 대한 기이한 추억, 일종의 '데자뷔' 형태로 화자에게 주어진다. 놀람과 유사한 이 우울은 세상에 엄청난 강도의 흥미를 껴입혀, 역설적이지만 친숙한 것에 괴이함의 맛을 부여한다. 프루스트의 우울은 주의력의 과잉이다.

《꽃핀 소녀들의 그늘에서》에는 이 같은 우울憂鬱이 활짝 피어나는 빛나는 한 페이지가 있다. 화자는 빌파리지 부인과 함께 마차를 타고 위디메닐 근처를 지날 때, 자신에게 잠시 행복하다는 느낌을 주는 세 그루 나무 앞에서 그런 경험을 한다.

나는 세 그루의 나무를 바라보았다. 나무들은 잘 보였지만, 마치 너무 멀리 있어 우리가 아무리 팔을 뻗고 손가락을 늘어뜨려도 이따금 그 덮개에만 잠깐 스칠 뿐 아무것도 잡히지 않는 그런 물체처럼, 내 정신이 놓친 무언가를 숨기고 있는 것 같았다. 그럴 때 우리는 좀 더 힘찬 도약으로 팔을 뻗고 더 멀리 닿기 위해 잠시 휴식을 취한다. 그러나 내 정신이 집중하고 도약하기 위해서는 절대적으로 혼자여야 했다. 게르망트 쪽으로 산책했을 때 부모님과 떨어져 있었듯이, 이번에도 나는 몹시나 홀로 있고 싶었다! 꼭 그래야 할 것만 같았다. 사실, 나는 사유 자체에 대한 노력을 요구하는 모종의 기쁨을 알게 되었으며, 이 기쁨에 비하면 이를 포기하는 게으름으로 얻을 쾌감 같은 건 정말 하찮아 보였다. 이 기쁨은 대상이 무엇인지 예감은 하면서도 나 스스로 만들어내야 했으며, 아주 드물게 그런 기쁨을 느꼈으나 어쩌다 그런 체험을 할 때면 그동안 일어났던 일들은 전혀 중요하지 않아 보였고, 오로지 그 기쁨의 현실에 매달려야 진짜 삶을 시작할 수 있을 것 같았다. 나는 빌파리지 부인이 눈치채지 못하게 잠시 눈을 감으려고 손으로 눈을 가렸다. 그러곤 아무것도 생각하지 않고 가만히 있다가, 정신을 차리고 더욱 힘차게 생각을 모아 나무들이 있는 쪽으로, 더 정확히는 내면의 방향으로 뛰어들었고, 그 끝에서 나 자신 속의 나무들을 보았다. 나는 그 나무들 너머에 좀 전에 알아본 것과 같지만 나에게 데려올 수 없는 물체가 있음을 다시금 느꼈다. 그러는 동안 마차가 점점 앞으로 나아가면서 나무 세 그루가 가까이 다가오는 것이 보였다. 저 나무들을 어디에서 보았던가? 콩브레 인근에는 이런 식으로 길이

트이는 곳이 없었다. 어느 해인가 할머니와 함께 온천욕을 하러 갔던 독일 시골 마을에도 저 나무들을 상기시키는 장소는 없었다. 저 나무들을 본 것이 내 삶에서 아주 먼 시절의 일이었기에 그 주변을 감싸고 있던 풍경이 내 기억 속에서 완전히 사라져버려, 마치 읽은 적 없다고 생각하던 책에서 어떤 페이지들을 발견하고는 감동하듯이, 내가 어린 시절 읽고 망각한 책에서 세 그루 나무만 홀로 떠오른 것일까? 혹은 반대로 그것들은 오직 꿈속의 풍경에만 있는, 그 낯선 모습이 게르망트 쪽에서 자주 경험했듯 내가 외관 뒤에 감추어져 있으리라고 느끼고 그 신비에 도달하려고 밤을 지새우며 기울인 노력, 또는 내가 그렇게도 알고 싶었던 장소지만 그곳을 알게 되면서부터는 발베크처럼 아주 가식적으로 보였던 장소에 내가 다시 한번 그 신비를 끌어들이려고 기울인 노력으로 수면 중에 밖으로 표출된, 적어도 내게는 늘 똑같은 그 나무들이 아닐까? 간밤의 꿈에서 떨어져 나왔지만 이미 많이 흐려져 아주 먼 과거에서 온 듯 느껴지는 걸까? 아니면 나는 그 나무들을 한 번도 본 적이 없지만, 게르망트 쪽에서 보았던 나무들이나 작은 수풀과 마찬가지로 먼 과거처럼 모호하고 파악하기 힘든 의미를 겉모습 뒤에 감추고 있어 나를 어떤 상념 속으로 빠져들도록 부추기기에 내가 그것을 추억으로 여기는 걸까? 그도 아니면 어떤 상념을 감추고 있는 것이 아니라, 시력의 피로 때문에 이따금 사물이 공간 속에서 이중으로 보이듯 시간 속에서 이중으로 보인 걸까? 알 수 없는 일이었다. 하지만 나무들은 나를 향해 다가오고 있었다. 어쩌면 그것은 신화의 출현, 내게 신탁을 전하는 마녀들이나 노르넨[51]들의 원무인지도 몰랐다. 아니, 내게 그것은 과거의 유령들, 어린 시절의 소중한 동반자들, 공통의 추억을 불러내는 사라진 친구들처럼 여겨졌다. 그것들은 망령처럼 자신들을 함께 데려가 달라고, 자신들에게 생명을 돌려달라고 청하는 것 같았다. 그 순진하고도 열정적인 몸짓 속에서, 나는 말을 하는 법을 잃어버려서 하고 싶은 말을 하지 못하고 또 우리가 자신의 말을 짐작하지 못할까 봐 안타까워하는 연인의 무기력한 아쉬움을 알아보았다. 곧 마차는 교차로에 이르러 나무들과 멀어졌다. 내가 유일하게 진실이라고 믿었던, 나를 정말 행복하게 해주리라고 믿었던 것으로부터 먼 곳으로 나를 실어가는 마차는 내 삶과 닮았다.[52]

---

51 북유럽 신화에 등장하는 운명과 예언의 여신. 그리스 신화의 모이라에 해당한다.
52 《꽃핀 소녀들의 그늘에서》, p. 568~569.

프루스트와 함께하는 여름

02

프루스트와 몽테뉴

"우리는 지금 우리가 우리의 삶을
놓치고 있는지 어떤지 절대 알지 못한다."
– 《장 상퇴유》

마르셀 프루스트는 1895년에 쓰기 시작해 미완성으로
남긴 젊은 날의 작품인 첫 책 《장 상퇴유》에서 이런 끔
찍한 사실을 확인한다. 3백 년 전에 썼다면 이 문장은 분
명 미셸 드 몽테뉴를 언짢게 했을 것이다. 그는 독자들
에게 걱정하지 말고 인생을 즐기라고 한 저자니까. 하지
만 이 모든 것에도 불구하고, 결국 이 두 작가는 행간 어
디선가 서로 만난다. 프루스트는 몽테뉴를 잘 알며, 소설
전체에 걸쳐, 은밀하게, 그로부터 영감을 얻기 때문이다.

***

프루스트는 분명 몽테뉴의 책을 읽었으나, 내가 알

기로,《에세》의 저자는《잃어버린 시간을 찾아서》에 단 한 번도 인용되지 않았다. 하지만….

몽테뉴와 프루스트는 둘 다 문장을 덧붙여 늘이는 취미가 있다. 하지만 그 방법은 서로 다르다. 몽테뉴의 방식은 '문장을 길게 늘이는 것allongeaille'이지만, 프루스트는 주로 덧붙이는 방식을 쓴다. 다시 말해, 몽테뉴의 문장은 내부에서 불어나는 반면, 프루스트의 문장은 소용돌이 모양을 이룰 만큼 엄청나게 불어나, 제 주위를 빙빙 도는 듯한 느낌을 주면서, 파악해야 할 대상에 서서히 다가간다. 어쨌든, 만약 워드프로세서가 있었다면, 두 사람 다 몹시 곤혹스러웠을 것이다. 지울 필요도 없이 말을 무한히 다듬을 수 있는데, 어떻게 문장을 끝맺을 수 있단 말인가? 어떤 소재도(종이도 잉크도) 더 정확한 표현의 가필을 방해하지 않는데? 프루스트가 메모를 더하거나 가필노트를 붙여 늘인 어떤 문장들은 일 미터도 넘는다는 걸 생각해보시라!

둘의 유사성은 그 정도로 그치지 않는다. 마르셀 프루스트—사실 이름만 공유할 뿐인 화자의 빌린 정체성 속에 은신하는—와는 달리, 몽테뉴는 본명으로 자

프루스트와 함께하는 여름

기 자신을 서술한다. 하지만 그가 《에세》에 등장시키는 '나'는 유동적이고 회절回折된 복수의 존재다. 몽테뉴는 정체성이 아니라 이행移行을 그린다. 프루스트의 작품 속 화자의 연속적인 '나'들이 의지적 기억이 되살려내는 시대에 따라 변하는 것과 마찬가지로, 몽테뉴도 지속성의 관점에서 보면 문장마다 그 자신과 달라진다.

또한, 이 두 내밀함의 회상록 저자는 둘 다 시간을 '포착'하려는 야심, 즉 흘러가는 시간의 비극에 집착하지 않겠다는 야심을 품고 있다. 이는 후기의 몽테뉴에게서는 '잘 사는' 기술, 삶을 즐기는 기술의 형태로 나타난다. 그리고 《잃어버린 시간을 찾아서》에서—이 작품의 화자는 (흘러가버린 과거에 대한 향수에 젖은 인물이라기보다) 흘러가는 현재의 친구다—그것은 덧없는 것을 기리고 영구화하려는 끊임없는 고민으로 나타난다. 프루스트는 세상에서 벗어나려는 게 아니라, 세상의 그 모든 부분과 그 모든 순간을 사랑하려 한다. 예술은 시간을 치유하지는 못하지만, 시계의 시간을 넘어, 그 두터운 깊이 속에서, 분해할 수 없는 그 단순함 속에서 시간을 되찾는다. "되찾은 시간"은 돌처럼 차가운 꿈이 아니라, 존재와 앎의 영원히 덧없는 우연의 일치다. 죽음에 대한 처방은 후세에 대한 터무니없는 계산을 통해서라기보다 순간의 영원성 안에서 찾아야 한다.

몽테뉴와 프루스트 둘 모두에게 소중한 또 하나의 대주제는 우정이다. 다만 몽테뉴에게는 우정이, 주어지지 않은 건 모두 잃어버린 것이 되는, 둘만의 공동주의 같은 것이라면, 《잃어버린 시간을 찾아서》에서는 우정이 사심 없는 기쁨―화자가 자신의 절친인 생루 후작의 행실을 관찰하면서 맛보는―으로 절제되어 나타난다는 점이 다르다. 그래서 몽테뉴는 라보에시가 죽었을 때 친구를 위한 문학적 능陵을 짓지만, 프루스트의 화자는 이와 정반대로, 생루가 죽었을 때 그의 유전적 특성이나 프레스코화 같은 아름다움과는 별개로, 얼마나 그가 너그럽고 좋은 사람이었는지를 발견한다. 그것은 애도의 큰 경험, 누군가가 영원히 사라졌다는 사실을 깨닫는 순간만큼 그의 존재를 더 잘 느낄 수는 결코 없다는 것을 깨우치는 경험이다. 그래서 프루스트에게서 우정은 곧 오해요, 거짓말이요, 시간 낭비로 여겨진다. 특히 가장 심각한 문제는, 우정이 사랑보다 훨

썬 더 그 징후가 빈약하다는 것이다. 사랑의 환멸은 우정과는 비교할 수 없을 만큼 다채롭다.

끝으로, 죽음은 몽테뉴와 프루스트의 두 작품 사이에 걸쳐진 또 하나의 다리다. 둘은 "살아 있는 죽마 위에 올라앉은" 인간들이라는 동일한 은유로 자신들의 책을 끝맺는다. 하지만 프루스트의 경우 이 은유는 사람들이 공간에서와는 달리 시간 속에서 아주 중요한 자리를 차지하고 있다는 생각의 토대로 쓰이지만, 몽테뉴는 거대한 인간 극장에서 자신이 가진 직위를 자만하는 사람들, 자신이 존경받는 것이 우연의 결과가 아니라 자신의 덕의 결과라고 믿는 사람들을 비웃는데 이 죽마 은유를 쓴다. 달리 말해서, 몽테뉴는 사람들의 허영심을 조롱한다. 프루스트는 사람들을 무에서 구원하는 작품을 척도로 삼고 만물의 덧없음을 잰다.

화자의 절친 로베르 드 생루는 전장에서 죽는다. 이 소식을 듣고 주인공은 《되찾은 시간》에서, 이 청년과의 만남을 회상하며, 그가 자신에게 보여준 선의와 애정을 뒤늦게 깨닫는다.

파리로의 출발은 한 소식 때문에 지연되었는데, 그 소식이 불러일으킨 슬픔 때문에 한동안 길을 떠나는 것조차 불가능하게 되었다. 로베르 드 생루가 전선으로 돌아간 지 이틀 만에 부하들의 후퇴를 엄호하다가 전사했다는 소식이었다. 생루만큼 다른 민족에 대한 증오심이 없는 사람도 없었다(황제에 대해서도 그는, 어쩌면 잘못된 이유인지는 몰라도 어떤 특별한 이유로, 빌헬름 2세가 전쟁을 일으켰다기보다는 오히려 전쟁을 막으려 했다고 생각했다). 그는 독일어 사용을 혐오하지도 않았다. 내가 그의 입에서 마지막으로 들은 말은, 이웃을 의식해서 내가 그의 입을 막기는 했지만, 엿새 전에 그가 우리 집 계단을 내려오면서 흥얼거린 슈만의 가곡 첫 구절이었다. 최고 수준의 훌륭한 교육을 통해, 온갖 변명이나 욕설, 과시적 문구 따위를 자신의 언행에서 가지 치듯 쳐내버리는 데 길이 든 그는, 내가 그의 집에서 나올 때마다 모자도 쓰지 않고 나를 배웅하며 내 삯마차의 문을 닫아주기까지 하는 등 그의 품행 전체가 상징하는, 타인 앞에서 자기를 소거하는 마음가짐으로, 전쟁에 동원되어서도 적 앞에서 자신의 목숨을 보호받을 수 있는 길을 피해버린 것이다. 나는 그를 생각하며 며칠간 방에만 틀어박혀 지냈다. 그가 처음 발베크에 도착했을 때가 떠올랐는데, 그때 그는 새하얀 모직 옷차림에 바다처럼 일렁이는 초록색 눈을 반짝이며 유리창이 바다 쪽으로 나 있는 큰 식당 옆 로비를 가로질러 갔다. 당시 내 눈에 너무도 특별하게 보였던 그 존재, 그래서 그의 친구가 되는 것이 나의 큰 소망이었던 기억이 떠올랐다. 그 소망은 믿기지 않을 만큼 기대 이상으로 잘 이루어졌지만, 당시에는 별 기쁨을 느끼지 못했는데, 그러다 그의 온갖 훌륭한 점이며, 그의 우아한 외모 뒤에 감춰져 있는 다른 면모도 알게 되었다. 그 모든 것, 좋은 것이든 나쁜 것이든 그 모든 것을 그는 늘 아낌없이 주었고, 마지막에는 그런 넉넉한 마음으로, 마치 어느 날 저녁 나를 방해하지 않으려고 식당의 긴 소파를 뛰어넘었듯이, 자신이 가진 모든 걸 다른 사람들을 위한 봉사에 바치기 위해 어느 참호를 공격하러 갔던 것이다.[53]

53 《되찾은 시간》, p. 2247.

03

프루스트와 쇼펜하우어

> "우리는 우리의 행복을 알지 못한다. 우리는
> 결코 우리가 생각하는 것만큼 불행하지 않다."
>
> – 《스완네 집 쪽으로》

"스완의 사랑"에서, 마르셀 프루스트는 오데트 곁에 머물 적절한 이유를 찾기 위해 머리를 쥐어짜는 샤를 스완의 모습을 감탄스러울 만큼 잘 묘사한다. 어느 날 저녁, 스완은 그녀에 대한 자신의 감정을 궁금해하다가 뱅퇴유의 소나타를 듣는데, 그의 불안을 가라앉혀주는 효능이 있는 이 명곡이 그에게 행복감을 안겨준다. 하지만 그런 감정은 이내 사라지고, 스완은 자신이 불행하며, 손을 써볼 도리가 없다는 사실을 깨닫는다. 이 등장인물의 생각들을 통해, 고통의 정신적 가치를 주장하는 아르투르 쇼펜하우어의 사상과 아주 유사한 프루스트식 고통주의의 여러 형태 중 하나가 윤곽을 드러낸다. 쇼펜하우어의 대작 《의지와 표상으로서의 세계》가

《잃어버린 시간을 찾아서》의 여러 대목에 물을 댄다.

***

쇼펜하우어는 사교계의 철학자다. 다시 말하면, 살롱의 자기 만족적인 비관주의와 대담한 언행에서 자신의 지성을 맘껏 뽐내는 속물들의 철학자다. 캉브르메르 부인이 그를 많이 인용하는 것은 그의 허무주의적 구절들을 진주알 꿰듯 나열하면서 싼값에 자신의 지성을 뽐낼 수 있기 때문이다. 쇼펜하우어란 그를 내세워 휘두르는 사람을 기분 좋게 해주는 비관주의다. 말하자면, 이 세상에 대해 명철한 태도를 공언하며, 바보처럼 속아 넘어가길 거부하는 사람들의 보증금이다.

쇼펜하우어의 철학은 종종 암울한 인용문 모음집으로 축소되며, 그 첫 줄을 장식하는 것은 우리의 인생이 (결핍의) 고통과 (소유의) 권태로 나뉜다는 진부한 생각이다. 달리 말해서, 우리는 소유하고 나면 욕망이 사라지는 대상을 욕망하면서 인생을 보낸다는 것이다. 한데, 프루스트의 세계, 사랑이 다른 무엇보다 "우리에게 보잘것없는 현실"을 가르쳐주는 이 세계에서도 욕망의 변화는 같은 법칙을 따른다. 화자와 알베르틴 사이에서 일어나는 일이 바로 그렇다(그들만이 아니라 오데트와 스완 사이에서도, 스완이 느끼는 사랑의 출발점은 그녀가 그에게 불러일 으키는 질투심이다). 그녀가 곁에 없을 때 화자는 괴로워하 지만, 그러나 정작 갇힌 여자가 되면 그녀는 관심 밖의 포로로, 그가 날개를 잘라 버린 새로 변한다. 그것은 만 족이 언제나 불만족스러울 수밖에 없는, 결핍과 연동된 욕망(욕망의 괴로움 뒤로 어김없이 소유의 우울함이 뒤따르기 때문 에)이요, 부재로 되살아나고 타성으로 사그라드는 욕망, 욕망의 대상 자체를 욕망하는 게 아니라, 대상을 소유 함으로써 마음의 평온을 얻고자 추구하는 욕망, 화자가 질투의 "소용돌이치는 불꽃"이라고 추론하는 욕망이다.

쇼펜하우어에게 예술은 위로자이고, 이는 예술의 미 덕이기도 하다. 고통의 부재를 행복으로 여기는 이 철 학자는 욕망의 불을 끄는 것, 더는 욕망하지 않는 것 이 불만으로 인해 한없이 고통받는 것보다 낫다고 생 각한다. 그런데, 쇼펜하우어(행복을 고통의 부재와 혼동하는) 와 니체(삶의 모든 현장을 기쁨으로 포용하는)가 다르듯이, 프

프루스트와 함께하는 여름

루스트가 예술에 요구하는 건 마음의 평온이 아니라 고양—고통이든 기쁨이든 그 무엇이든지의—이다. 이를테면 상상의 '소악절'을 이루는 다섯 음정을 들을 때 스완은 신성한 행복 같은 걸 느끼며 깨닫는다. 이런 평온함은 "문이 다시 닫혀버리면" 그 무엇도 되돌아올 수 없는 신비로운 세계에 속한다는 것을. 좋든 싫든 음악은 우리 존재를 위조僞造하는 게 아니라 표현하고, 우리 정서를 약화하는 게 아니라 정서의 밀도를 높인다.

하지만 쇼펜하우어는 아무리 왜소하고 보잘것없는 개인도 자신의 왜소함을 직시하는 바다처럼 거대한 감정에 이를 수 있다는 생각—염세적이기보다는 비극적인—을 개진하기도 한다. 인간은 삶 속에 녹아든다. 인간의 죽음은, 마치 씨앗이 죽어서 떡갈나무가 나고 자라듯이, 하나의 필연일 뿐이다. 이것은 무슨 뜻일까? 삶은 나의 삶에서 그치는 게 아니라는 얘기다. 모든 개인은, 그가 예술가라면, 그 자신을 초월하는 어떤 작품의 계기다. 이렇듯 쇼펜하우어에게서나 프루스트에게서나, 실존은 우리가 자아에 집착할 때는 막다른 골목 같은 궁지일 뿐이다. 그러나 이 비관주의는 시선이 한

개인의 왜소한 삶이 그은 지평선에서 더 멀리로 향할 때 극복할 수 있다. 개인 삶의 소멸은 세포의 자살에 비교될 만하다. 예술 작품이란 무엇인가? 그것은 다이아 몬드를 얻기 위한 한 사람의 죽음 같은 것이고, 사람은 다만 그 계기일 뿐이다. 우리는 죽어야 하고, 우리의 죽음이 재앙이라고 느끼는 우리 자신에게 죽음을 받아들이게 해야 한다…. "빅토르 위고는 '풀은 자라야 하고 아이들은 죽어야 한다'고 말한다. 나는 이렇게 말하고 싶다. 존재는 죽으며, 우리 자신도 망각이 아닌 영생의 풀, 풍성한 작품들이라는 무성한 풀이 자랄 수 있도록 모든 고통을 소진하고 죽을 것이며, 바로 그 풀 위에서 미래 세대들이 발밑에 잠들어 있는 사람들은 아랑곳하지 않고 즐거운 마음으로 '풀밭 위의 점심 식사'를 즐기러 오리라는 것, 바로 이것이 예술의 잔혹한 법칙이라고."

얼마 전부터 알베르틴은 파리에 있는 화자의 아파트에 들어와 살고 있다. 하지만 주인공의 병적 질투심을 잠재우기 위해 결정된 동거라는 이 새로운 삶은 이상하게도 그의 질투심을 더 연장할 뿐이다. 마르셀 프루스트는《간힌 여인》에서, 그 끔찍한 고통의 메커니즘을 이렇게 서술한다.

사랑의 고통은 때때로 멈추었다가도 다른 형태로 되돌아온다. 우리는 사랑하는 여인이 더는 공감의 열정을 보이지 않고, 처음처럼 사랑스럽게 다가오지 않는 것을 보고 슬퍼하며, 어쩌면 그녀가 이제 우리에게는 그러지 않지만 다른 이들에게는 다시 그렇게 할지도 모른다는 생각에 더욱 괴로워한다. 우리를 그런 고통에서 잠시나마 벗어나게 해주는 건 더 잔인한 새로운 아픔, 어젯밤 파티에 대해 그녀가 거짓말을 했다거나, 그 파티에서 필시 우리를 배신했으리라는 의심 같은 것이다. 그러다 그런 의혹이 가시고, 여자 친구가 보여주는 상냥함이 다시 우리의 마음을 진정시키지만, 그때는 또 잊고 있던 말 한마디, 우리가 아는 건 그녀의 얌전한 모습뿐인데 그녀가 열정적으로 쾌락을 좇는다던 누군가의 말이 떠오른다. 그러면 그녀가 다른 사람과 어떤 광란을 벌이는지 애써 상상하게 되고, 우리가 그녀에게 얼마나 보잘것없는 존재인지 깨닫게 되고, 우리가 얘기하는 동안 그녀가 보이는 권태와 우수 어린 슬픈 표정에 주목하게 되고, 그녀가 처음에 우리를 유혹하려고 입었던 그 옷들을 이제는 다른 이들을 위해 남겨두고 우리와 함께 있을 때는 그저 찌푸린 하늘처럼 우중충한 옷을 아무렇게나 입는다는 사실도 깨닫게 된다. 반대로 그녀가 다정하게 굴면, 한순간이나마 큰 기쁨을 느끼지만, 그녀가 시선을 끌려는 신호인 양 내미는 작은 혀를 보게 되면, 어쩌면 그것이, 내 곁에서, 알베르틴이 그 여자들에 대한 생각 없이 하는, 그저 오랜 습관 탓에 기계적인 신호로 남아 있는 것일지라도, 알베르틴이 그토록 자주 그런 신호를 보냈던 여자들을 떠올리게 된다. 그러면 그녀가 우리를 지겨워하고 있다는 느낌이 되살아난다. 하지만 우리가 모르는 그녀 삶의 고약한 영역, 그녀가 과거에 머물렀으나 우리로선 도저히 알 수 없는 장소들, 영영 가서 살 생각까지는 하지 않더라도 어쩌면 우리와 함께 있지 않은 시간에 지금도 가 있을지 모를 장소들, 그녀가 우리에게서 멀리 떨어져 있는, 우리에게 속하지 않는, 그녀가 우리와 함께일 때보다 더 행복해할 그 장소들에 생각이 미치면, 그런 고통쯤은 돌연 별것 아닌 것이 되어버린다. 바로 이런 것이 소용돌이치는 질투의 불꽃이다.[54]

---

[54] 《갇힌 여인》, p. 1679.

04

프루스트와 니체

"고통은 온전히 겪고 나야 치유된다."

-《사라진 알베르틴》

알베르틴이 화자를 떠난 것은 그의 질투심이 둘의 관계
를 불가능하게 했기 때문이다. 그래서 "갇힌 여인"은 예
고 없이 달아나 자유를 되찾았다. 그녀가 떠나리라는
걸 예견하고 있었던 화자는 마음이 홀가분해질 수도 있
었을 것이다. 한데 욕망의 역학이 다시 작동해, 그는 무
슨 수를 써서라도 그녀를 되찾고 싶어 한다. 하지만 불
행하게도 그는 그러지 못한다. 곧 그 젊은 여자의 죽음
소식을 듣게 되기 때문이다─죽음도 그의 의혹을 잠재
우지는 못해서, 그녀가 죽은 후에도 그는 그녀가 동성
애자일 거라고 여전히 의심한다. 그리하여 그는 "물어
뜯기는" 고통을 맛보게 된다. 두 번 다시 알베르틴을 볼
수 없게 되었을 뿐만 아니라, 특히, 그녀가 자신에게 거

짓말을 한 게 아닌지 영원히 알 수 없게 된 것이다. 하
지만 마르셀 프루스트가 보기에, 슬픔이 반드시 형벌과
동의어인 건 아니다. 니체의 사상이 그렇듯이, 그것은
오히려 개인을 단련하는 데 필요한 단계다.

***

프루스트와 니체는 고통을 잘 아는 전문가들이다.
둘 다 질병을 앓았고, 육체의 고통에 놀라울 만큼 주의
를 기울였다. 어떤 의미에서 고통은 작가에게나 철학
자에게나, 인식과 '영감'—생리학적 의미에서—의 도
구라고도 할 수 있을 것이다. 그들이 내세우는 고통은,
구세주는 아닐지라도, 천상 세계보다 더 흥미로운 보
상을 약속한다. 그들에게 고통은 세계를 해부하는 게
아니라, 세계를 이해하고, 말 그대로 체험하게 해주는
수술용 메스 같은 것이다.

니체는《즐거운 학문Die fröhliche Wissenschaft》을 마무
리하면서, "누가 우리에게 암울한 생각들을 몰아내지
않아도 될 만큼 즐거운 음악을 노래해 주겠는가?"라고

프루스트와 함께하는 여름

묻는다. 사실 음악은 진통제가 아니며 어떤 위안도 약속하지 않는다. 음악의 역할은 고통을 파고들고, 거기에 한 세계의 윤곽을 부여하면서 그 아픔을 탐구하고, 궁극적으로는, 결코 삶의 의미를 찾을 필요성을 느끼지 않도록 삶을 정당화하는 것이다. 그런데 바로 이것이 《잃어버린 시간을 찾아서》에서 뱅퇴유 소나타의 신비한 소악절을 들을 때 일어나는 일이다. 이 소나타는 구현될수록 물성을 잃는, 예리함이 바로 그 아리송한 특성에 있는 어떤 비밀의 언어를 우회적으로 말하면서, 영혼이나 마음의 상태, 한 연인과 그가 노리갯감으로 여기는 존재의 객관적 품성 사이의 괴리, 덧없이 사라지는 무지개, 무심하게 지나가는 여인, 혹은 어둠의 기억마저도 돌연히 지워버리는 전등 불빛 등, 서로 너무나 다른 것들을 기막히게 표현해내는 재주를 부린다.

괴로움에서 얻는 깨달음을 통해 괴로움이 해소될까? 만약 음악이 어떤 의미를 갖는다거나 무언가를 표현해야 한다는 의무 없이, 말들 모르게 솟아올라, 우리의 고통을 고통스럽기보다 흥미로운 것으로 만들어주는 효력을 지녔다면? 음악의 기쁨이 삶의 고통을 이기는 건 슬픔을 탐색함으로써다. 《잃어버린 시간을 찾아서》에서 그런 경험을 하는 첫 번째 인물은 화자가 아니라 스완이다. 뱅퇴유의 소나타만 들으면 어김없이 되살아나는 그의 질투심은 그것을 탄생시킨 메커니즘, 그 자신이 아무런 영향력을 행사할 수 없다고 생각하는 그 메커니즘 앞에서 늘 경탄으로 바뀐다.

게다가 스완은 삶의 실패자라는 점에서, 아마도 프루스트의 인물 중 가장 니체적인 인물이라 할 수 있을 것이다. 그의 재능, 이따금 고통스럽기보다 흥미로운 삶을 발견하는 그의 재능은 문학을 통해 고통 문제를 해결하겠다는 화자의 큰 야심을 말해준다. 하지만 스완은 페르메이르에 관한 연구를 마무리하기 전에, 그가 쓸 수도 있었을 책을 마무리하기 전에 죽는다. 차라투스트라가 초인의 경계에서 멈춰 서듯이, 신의 뜻에 의해 모세가 약속의 땅에 들어서지 못하게 되듯이 말이다. 차라투스트라의 실패가 니체가 바라는 초인성에 필요 불가결하듯이, 스완의 실패는 《잃어버린 시간을 찾아서》에 꼭 필요하다. 프루스트에게서도 그렇듯이, 초인성은 삶의 영원회귀를 바랄 만큼 삶을 사랑하는 데 있다.

《스완네 집 쪽으로》를 펼쳐보자. 어느 날 저녁 생퇴베르트 후작 부인 집에 초대받은 샤를 스완은 오데트 생각으로 괴로워하다가 자신의 고충을 사교계 정글 속에서 해소해보려 한다. 하지만 주위 초대객들의 어리석음과 우스꽝스러움이 그를 권태와 깊은 슬픔에 빠뜨린다. 그때 문득, 멜로디 하나가 솟아오른다. 그것은 바로 자신의 감정을 음정으로 표현하는 듯한 뱅퇴유의 소악절이다.

바이올린 소리에는—악기를 보면서 그 음을 꾸미는 이미지와 소리를 연결하지만 않는다면—콘트랄토로 노래를 부르는 어떤 목소리와 매우 비슷한 억양이 있어, 마치 한 여성 가수가 연주회에 가담한 듯한 착각을 준다. 눈을 들면 보이는 건 중국 보석함처럼 귀중한 바이올린 케이스뿐이지만, 그래도 가끔은 사람 마음을 호리는 세이렌의 부름에 현혹되는 것 같다. 때로는 마법의 지혜 상자 밑바닥에서, 마치 성수반에 빠진 악마처럼 포로가 된 정령이 몸부림치는 소리가 들리는 것 같기도 하고, 또 때로는 어떤 초자연적인 순수한 존재가 허공에 눈에 보이지 않는 메시지를 펼치며 지나가는 것 같기도 하다.

연주자들은 소악절을 연주한다기보다는 악절이 나타나도록 요구되는 의식을 수행하는 듯이 보였고, 또는 혼을 불러내는 기적을 실현하고 잠시 그 기적을 연장하는 데 필요한 주문을 읊조리는 듯 보였으며, 스완은 마치 악절이 자외선의 세계에 속하기라도 하는 듯 더는 그것을 볼 수가 없었다. 그 곁으로 다가갔을 때 마치 일시적 실명 상태에서 어떤 변신의 신선함을 음미하는 듯했기에, 스완은 마치 자신의 사랑을 지켜주고 사랑의 속내를 들어주는 여신이 청중 앞에서 자기 옆까지 다가와서는 외진 곳으로 데려가 이야기하려고 소악절이 이런 음향의 모습으로 변장하여 나타난 것처럼 느꼈다. 그리고 소악절이 향기처럼 가볍게 위로하듯 소곤거리며 그에게 해야 할 말을 하면서 지나가자, 그는 그 말 하나하나를 세심히 살펴보았고, 말들이 그로록 빨리 날아가 버리는 것을 안타까워하며, 덧없이 사라져가는 그 조화로운 몸에 자기도 모르게 입술을 가져가 입맞춤을 하려고 했다. 악절이 그에게 말을 걸면서 낮은 목소리로 오데트에 대해 속삭여줬으므로, 그는 더는 홀로 유형에 처해 있다는 느낌이 들지 않았다. 악절은 예전처럼 오데트와 자신을 알지 못한다는 인상을 주지 않았다. 그 악절은 그렇듯 자주 그들 기쁨의 증인이었으니까! 사실 소악절은 그런 기쁨이 얼마나 부서지기 쉬운지 그들에게 이미 여러 번 경고해주었다. 그 무렵에는 악절의 미소나 마법에서 깨어난 투명한 억양에도 고통이 어려있음을 간파했는데, 지금은 오히려 거의 즐거운 체념이라 할 수 있는 우아함을 발견했다. 예전에 소악절이 그에게 말해주곤 하던 그 슬픔, 그는 소악절이 미소 지으며 슬픔을 그 구불구불하고도 빠른 흐름 속으로 끌고 가는 걸 보면서도 슬퍼하지 않았고, 이제는 그 슬픔이 그의 것이 되어버려 거기서 영영 벗어날 희망이 없어졌는데도 소악절은 마치 전에 행복을 얘기할 때처럼 그 슬픔에 대해 "그게 뭐지? 그런 건 다 아무것도 아냐!"라고 말하는 듯했다. 그리하여 스완의 생각은 처음으로 연민과 다정함이 폭발하는 가운데 자기와 마찬가지로 고통을 겪었을 뱅퇴유 쪽으로, 그 미지의 숭고한 형제 쪽으로 기울었다. 그의 삶은 어떠했을까? 어떤 고통의 밑바닥에서 그는 이런 신과 같은 힘을, 창조의 무한한 권능을 길어 올릴 수 있었을까?[55]

---

[55] 《스완네 집 쪽으로》, p. 279.

프루스트와 카뮈

> "우리는 오직 예술을 통해서만
> 우리 자신의 밖으로 나올 수 있다."
> – 《되찾은 시간》

화자가 보기에, 예술은 인간에게 "이 세계에서 다른 사람이 보는 것을 알게" 해준다. 달리 말하면, 예술 덕에 우리는 좀 더 강렬하고, 좀 더 풍요로운, '확대된' 현실을 접하게 된다. 우리의 관심사들과 우리의 자기애를 한쪽으로 치워버릴 때, 우리는 마르셀 프루스트가 "살아 있는 예술"이라 부르는 것을 접하게 되는 것이다. 그렇다면 오직 자기 자신만 바라보는 예술가는 진정한 예술가가 아닐 것이다…. 이 같은 신조는 1950년대에, "모두에 대해 모두에게" 말하는 예술을 환기하는 알베르 카뮈의 신조와 이상할 만큼 비슷하다. 한 번도 프루스트를 만난 적은 없지만, 《이방인》의 저자―그는 《스완네 집 쪽으로》가 출간된 해인 1913년에 태어났다―는 프루스트의 사상적 동지다.

***

카뮈는 결코 프루스트의 이름을 인용하지 않지만
(《작가 수첩》을 제외하고는), 그의 문장들을 내용을 굴절시
켜 차용한 적은 있다. 예컨대 카뮈의 〈예와 아니오 사
이에서〉(《안과 겉》에 수록)라는 텍스트는 "정말 유일한 낙
원이 우리가 잃어버린 낙원이라면…"이라는 문장으로
시작된다. 《잃어버린 시간을 찾아서》에서, 프루스트는
"진정한 낙원은 우리가 이미 잃어버린 낙원이다"라고
쓴다. 그러니까 프루스트에게서 카뮈로 옮겨가면서 그
의 "진정한 낙원"은 "유일한 낙원"이 된다. 꽃향기, 바
람의 숨결, 바다의 입맞춤으로 만족하는 철학자에게서
진실은 고독으로 대체된다.

《잃어버린 시간을 찾아서》에서 화자는 콩브레에서
보낸 삶을 되살려낸다. 그곳의 냄새, 색깔, 거리, 집, 그
의 방으로 올라가는 계단에 비스듬히 비치는 빛….

그는 감각의 영원성을 추적하며. 낙원의 상실은 낙

원을 (문학을 통해) 진정으로 다시 만나기 위한 조건이라는 생각에 매달린다. 죽음을 넘어야만,—유년 시절, 할머니, 알베르틴, 친구 생루에 대한—애도를 넘어야만, 프루스트가 "사후의 삶과 무無의 기이한 모순"이라 부르는 것을 문학을 통해 극복할 수 있다. 상실이 없다면, 인생은 평온으로 되돌아갈 한바탕 소란에 불과하다. 타인들의 죽음이 없다면 "풀밭 위의 점심 식사"도 없다. 다른 한편, 카뮈는 궁핍에, 즉 자기 자신에 충실하면서 어린 시절을 탐구한다. 그래서 그는 벨쿠르 동네, 먼지 냄새, 제르맹 선생님의 수업, 어머니의 침묵… 등을 서술한다. 변치 않을 진실을 추구하는 프루스트와는 달리, 카뮈는 《결혼》에서 이렇게 자문한다. "썩지 않는 어떤 진실이 나에게 무슨 소용이 있단 말인가? 그것은 나와 맞지 않을뿐더러, 그것을 사랑한다면 가식일 것이다." 이렇게 그는 프루스트가 공언한 신조에 미묘한 변화를 준다.

어린 시절과 잃어버린 낙원은 카뮈의 마지막 책 《최초의 인간》의 주된 모티프들이다. 이 미완성 작품—저자는 이 작품을 집필 중이던 1960년 1월 4일, 빌블르

뱅 도로에서 자동차 사고로 사망했다―은, 사르트르의 말에 따르면, 한 편의 완전한 작품으로 보는 습관을 들여야 할 책이다. 그런데, 잘못된 순간에 사다리에서 내려, 재능이 충만한 한창나이의 저자를 앗아간 이 어리석고 부조리한 죽음은 프루스트의 화자에 의해 정확하게 묘사된 바 있다.《되찾은 시간》의 끝에 이르러, 예술가로서의 소명을 깨달은 프루스트의 화자는 죽음에 대한 형이상학적 공포를 자신이 머릿속에 간직한 작품을 세상에 내놓기 전에 사고로 죽게 되면 어쩌나 하는 범속한 두려움으로 즉각 대체한다. "(…) 잠시 후 집으로 돌아가다가, 어떤 우발적 충격을 한 번 받기만 해도 내 몸은 부서질 테고 생명이 빠져나가게 될 내 정신은 그 생각들, 미처 책 속에 안전하게 은닉할 시간을 내지 못한 채 지금 꽉 붙들고서 떨리는 뇌수로 가까스로 보호하고 있는 그 생각들을 영원히 놓아버릴 수밖에 없는 처지가 되지 않겠나."

《되찾은 시간》의 맨 끝에서, 화자는 이제야말로 집필을 시작해야 할 '때'라고 깨닫는다. 하지만 계획대로 잘

해내지 못하면 어쩌나 하는 두려움에 사로잡힌다….

나는 리브벨에서 돌아올 때처럼 더는 무덤덤하지 않았고, 내
가 (누군가가 내게 맡긴, 따라서 내 손이 아니라 그것을 받을 누군가의
손에 온전히 되돌려주고 싶은 소중하고 깨지기 쉬운 귀중품처럼) 속에
품고 있는 작품 때문에 나 자신이 좀 불어난 듯한 느낌이 들
었다. 이제는 내가 어떤 작품을 품고 있는 사람이란 느낌이
들자, 나의 죽음을 유발할지도 모를 어떤 사고가 더욱 두려
워졌고, 심지어 (내 생각엔 그 작품이 꼭 필요하고 길이 남을 작품으
로 여겨져) 터무니없게 여겨지기도 했다. 그것은 내 욕망, 내 사
유의 비상에 배치되는 것이지만, 그렇다고 해서 사고가 일어
날 가능성이 작아지는 것은 아닌 게, (소리를 내지 않으려고 조심
하다가 탁자 맨 끝에 놓인 물병을 떨어뜨려 자는 친구를 깨우게 되는 것
과 같은, 일상의 지극히 사소한 사건을 통해서도 일어날 수 있듯이) 물
리적 원인에 의한 사고는 전혀 다른 의지들, 저도 모르는 사
이에 사고에 의해 파괴되는 그런 의지들이 그런 사고를 끔찍
하게 여기는 바로 그 순간에도 발생할 수 있기 때문이다. 나
는 내 두뇌가 진귀한 광맥이 지극히 다양하고 광대한 지대
에 걸쳐 매장되어 있는 풍요로운 광산임을 아주 잘 알고 있었

다. 그러나 그 광맥을 개발할 시간이 내게 있을까? 나는 그 일을 할 수 있는 유일한 사람이었다. 두 가지 이유에서 그렇다. 내가 죽으면 그 광석을 캐낼 유일한 광부가 사라질 테고, 또한 그 광석 자체도 사라질 터이기 때문이다. 한데 잠시 후 집으로 돌아갈 때, 내가 탄 자동차가 다른 자동차와 충돌하기만 해도 내 몸은 파괴되고, 생기 잃은 내 정신은 새로운 생각들을 책이라는 안전한 공간에 집어넣을 겨를 없이, 그 순간에도 자신의 전율하는, 연약한 보호 뇌수로 위태롭게 붙들고 있는 그 새로운 생각들을 영영 포기할 수밖에 없게 될 것이다. 그런데, 이런 위험에 대한 합리적 두려움이, 최근에 내가 죽음이라는 것에 무덤덤해졌을 때 다시 내 마음속에 생겨난 건 무슨 기이한 우연의 일치일까. 예전에 나는 새로운 사랑(질베르트나 알베르틴에 대한)을 경험할 때마다 내가 변하면 어쩌나 하는 생각 때문에 두려웠었는데, 그렇게 되면 그들을 사랑하는 사람이 더는 존재하지 않게 되고 그것은 곧 죽음과 마찬가지라는 생각이 견딜 수 없었기 때문이었다. 그러나 그런 두려움도 몇 차례 되풀이되고 나자 자연스럽게 낙관적인 평온으로 바뀌었었다. [56]

[56] 《되찾은 시간》, p. 2392~2393.

8장

예술

― 아드리앵 괴츠

01

독자의 초상

> "삶의 최고 진리는 예술 속에 있다."
> –《되찾은 시간》

《잃어버린 시간을 찾아서》의 결말에서 화자는 앞으로 올
자기 책의 소재에 대해 자문한다. 소설의 페이지에는 진
정 무엇이 담길까? 이론의 여지 없이, 저자의 삶의 일부
가 일정량의 기억과 기쁨과 슬픔을 품고 담긴다. 예술
속의 '진리'라는 이 생각은 마르셀 프루스트에게 크게 영
감을 준 존 러스킨의 작품 속 곳곳에 편재한다. 프루스
트는 이 영국인 예술 비평가의 성찰을 좇아 자신의 소설
에서 음악과 회화, 글쓰기의 아름다움을 탐구한다….

***

프루스트는 러스킨을 읽으며 열광했다. 그리고 자신

의 영혼과 조금은 닮은 영혼이 어딘가 존재한다는 걸 깨달았다. 심지어 그의 작품들을 번역하고 싶어 했다. 영어가 매우 서툴렀던 그는 어머니가 직역해준 것에 기대어 러스킨의 책을 번역하고 서문까지 썼다. 그리고 예술에 대해 말할 뿐만 아니라, 수공업의 세계로, 세상을 다시 창조하게 해줄 토대가 되는 작은 마을, 톨스토이 백작의 작은 마을이나 일종의 보편적인 콩브레 같은 마을의 삶으로 되돌아가는 삶의 관점에 대해 말하는 이 작가를 프랑스에 소개했다. 게다가 러스킨은 그에게 여행 욕구를, 특히 레날도 안과 함께 베네치아로 여행하고 싶은 마음을 불러일으켰다. 두 사람은 빌린 작은 사다리를 가지고 두칼레 궁으로 가서 러스킨이 묘사한 기둥머리 장식을 자신들 눈으로 직접 보았다.

러스킨은 한편으론 예술에 대한 사랑이 우리의 영혼을 구원할 수 있다고 생각했고, 다른 한편으로는 오래된 건물이나 과거의 기념물 들을 복원하지 말아야 하며, 재창조는 더더욱 하지 말아야 하고, 고색창연해지도록 내버려 둬야 한다고, 그래야 아미엥 대성당의 정문 앞에서, 아미엥의 "선하신 하느님"의 얼굴 앞에서 우리가 자신의 삶에 하나의 의미를 부여할 수 있다고 생각했다. 이 말이 프루스트에게는 하나의 계시였다. 그는 밤에 자동차를 몰고 성당의 정문들을 보러 갔다. 아고스티넬리가 운전하는 차를 타고 떠나 새벽 3시경에 바이외Bayeux 대성당 앞에 멈춰 섰다. 그는 전조등을 비추고 바라보았다. 그러므로 소설가가 러스킨을 읽고 얻은 건 예술에 대한 직접적인 이해였고, 이것이 그의 삶을 바꿔놓았으며, 번역에서 글쓰기로 옮아가는 데 도움을 주었다.

프루스트는 작가로서 자신이 중세의 성상 조각가처럼 될 수 있고, 자신만의 대성당을 건축할 수 있다는 것을—위고는 전혀 다르게 이를《파리의 노트르담》으로 이뤄냈다—깨달았다. 이 분야에서는 프랑스의 중·근세 예술사가인 에밀 말의 영향이 결정적이었다. 그는 중세 도상圖像을 해독했고, 샤르트르 대성당의 조각상들을 우리에게 알게 해준 인물이다. 두 사람은 편지를 많이 주고받았다.

프루스트의 예술 사랑은 아주 일찍부터 시작된다. 그는 여러 잡지에서 예술 비평가로서 이름을 빛냈고,

전시회와 미술관을 찾아다녔고, 예술가들과 함께 살롱을 드나들었으며, 음악가들과 가까이 지냈다…. 그리고 《잃어버린 시간을 찾아서》에서 그는 우리에게 창작자들의 본보기를 제시한다. 그들은 내가 이 소설에서 좋아하는 인물들로 작가 베르고트, 음악가 뱅퇴유, 화가 엘스티르다. 나는 그들을 고등학교 이과 졸업반 때 알게 되었다. 매주 수학 아홉 시간, 물리 아홉 시간으로 고문당하던 시절이었다. 내게 프루스트는 탈출구였다. 나는 무엇이 나를 기다리는지 알지 못한 채 일 년 동안 《잃어버린 시간을 찾아서》 읽기에 몰두했다. 그 독서가 내게는 일종의 해독제였고, 피신처였으며, 보호장치였다. 그것은 전적으로 무용하고 보상 없어 보이는 무언가를 하는 즐거움이었다…. 그러다가 나는 문학 연구에 뛰어들었고, 그 호사스러운 무상의 독서가 내게는 철학·역사·문학 등, 모든 것에 유용했다. 프루스트는 이 책을 통해 자신의 거울들이기도 한, 작업에 몰두한 예술가들을 보여준다. 그렇게 그는 자신의 조각작품들을 단 하나의 작품에 모은 《지옥의 문》의 로댕이나 《수련》 연작의 클로드 모네와 동일한 의도로 작업한다. 그

프루스트와 함께하는 여름

것은 하나의 세계를 이루는 작품을 만들겠다는 바그너의 계획이기도 했다. 그는 생-시몽, 발자크, 샤토브리앙의 《회상록》의 계보를 잇고 있다…. 이들은 밤의 작가들이고, 그들만의 세계를 창조하는 작가, 누구나 느낄 수 있는 모든 것을 보편적인 방식으로 우리에게 말해주는 작가들이다. 프루스트도 자신만의 《천일야화》를 이야기하고 싶어 한다.

《소돔과 고모라》에서 화자는 캉브르메르 부인과 토론을 벌이는데, 이 부인은 콩브레의 속물인 르그랑댕의 누이다. 클로드 모네를 숭배한다는 이 (가짜) 예술 애호가는 그림에 대해 이렇게 말한다.

그녀를 어리석다고 할 수는 없다. 내가 느끼기엔 전적으로 쓸모없는 지성이 흘러넘쳤으니까. 때마침 해가 졌고, 갈매기들은 이제 모네의 수련 연작 중 다른 작품의 수련처럼 노란빛을 띠었다. 나는 그 작품을 잘 알고 있다고 말하고(내가 아직 차마 이름을 입에 올리지는 못했지만, 그녀 오빠의 말투를 흉내 내며), 그녀가 차라리 전날 올 생각을 하지 않은 것이 애석하다고 덧붙였는데, 어제 이 시간이었다면 푸생의 빛에 감탄할 수 있었을

러라고 했다. 게르망트 일가 사람들이 알지 못하는 웬 노르망디 시골 귀족이 전날 왔어야 했다고 말했더라면 캉브르메르-르그랑댕 부인은 틀림없이 불쾌한 얼굴로 발끈했을 것이다. 그런데 나는 아주 살갑게 굴어서, 부인은 녹을 듯이 부드럽고 상냥하기만 했다. 캉브르메르 부인은 내가 미처 가져오지 못한 프티푸르 한입 케이크를 대신해서 참으로 보기 드물게 커다란 꿀 케이크로 변신했으니, 그 화창한 오후의 온기 속에서 나는 마음껏 그 꿀을 딸 수 있었다. 그런데 풍생의 이름을 듣고 이 사교계 여인은 상냥함은 간직한 채 예술 애호가로서 반론을 제기했다. 그 이름을 듣자마자 캉브르메르 부인은 거의 연거푸 여섯 번이나 혀를 끌끌 찼다. 말썽 피우고 있는 아이에게 이미 시작된 말썽을 나무라는 동시에 계속하지 못하도록 주의를 주는 격이었다. "제발 부탁인데, 모네 같은 천재 화가가 이야기를 하고 나서 풍생처럼 재능 없고 늙어빠진 진부한 화가 이름은 입에 올리지 말아 주세요. 솔직히 말해 나는 그 사람이 진저리나게 따분하다고 생각해요. 그걸 그림이라고 부를 수도 없으니 어쩌겠어요. 모네, 드가, 마네, 이런 분들이야말로 화가죠! 참 이상도 하지요", 라고 덧붙이며 그녀는 탐색하고 홀린 듯한 눈길로 허공의 한 지점을 응시했는데,

마치 자기 생각을 바라보는 듯 보였다. "참 이상도 하지요, 전에는 마네를 더 좋아했는데 말이죠. 지금은, 물론 여전히 마네를 좋아하지만 어쩌면 모네를 더 좋아하는 것 같아요. 아! 그 성당 그림들은 정말이지!" 그녀는 자기 취향이 겪어온 변화에 대해 내게 꼼꼼하고도 친절하게 일러주었다. 그녀의 말에 따르면 그 취향이 거쳐온 단계들은 모네가 거쳐온 다양한 화풍만큼이나 중요해 보였다. 그런데 그녀가 감탄하는 대상을 내게 털어놓는다고 해서 내가 우쭐할 일은 아니었다. 그녀는 아주 무지한 시골 아낙네 앞에서도 그걸 털어놓지 않고는 5분도 채 버티지 못했을 것이기 때문이다."[57]

---

[57] 《소돔과 고모라》, p. 1368.

02

음악

> "나는 음악이 영혼의 교류(…)라 부를 법한 것을 보여주는
> 유일한 본보기가 아니었을까 생각한다."
>
> — 《갇힌 여인》

어느 날 저녁 베르뒤랭 집에 초대를 받은 화자는 뱅퇴유의 7중주곡을 듣고 몽상에서 깨어난다. 처음 듣는 그 선율이 그의 마음의 고통을 달래준다. 그러나 음악이 그치자 그는 다시 "더없이 무의미한 현실" 속에 떨어진다…. 따분한 논평을 즐기는 수다스러운 옆사람들은 그처럼—또한 프루스트처럼—음악 애호 취향이 없었다. 바로 이 음악 애호 취향이 《잃어버린 시간을 찾아서》에 음악 소설의 외형을 입히는데, 대개 가상의 뛰어난 작곡가이자 이름난 소나타의 작곡가인 그 유명한 뱅퇴유의 감미로운 운율 덕이었다.

***

마르셀 프루스트는 대단한 음악 애호가였다. 그는
솔페지오도 알았고, 피아노도 좀 칠 줄 알았으며, 베토
벤의 '어려운' 작품들(이를테면 피아니스트들의 '히말라야'로
불리는 소나타 Op. 111 같은)을 좋아했다. 그는 그 작품들
을 아주 좋아해서 집에서 듣고 싶어 했으며, 때로는 연
주할 사중주단을 자기 집으로 부르는 호사를 누리기도
했다고, 셀레스트 알바레는 이야기한다.

몇 년 뒤, 레날도 안과의 만남―정말 첫눈에 반
한―으로 이 음악 취향은 더 증폭된다. 프루스트를 생
상스 쪽으로 이끈 건 틀림없이 옛 선율을 무척 좋아하
는 이 친구(장차 연인이 되는)였다. 그들은 함께 여러 곡을
작곡한다. 프루스트가 루브르의 그림들을 보고 쓴 시
를 레날도 안이 음악으로 만들었고, 이 작품들은 마들
렌 르메르의 살롱에서 두 저자가 자리한 가운데 연주
된다.

그리고 바그너가 있다. 프루스트가 음악에 관해 이
야기하는 초기 텍스트 중 하나는 《쾌락과 나날》에 실

린 〈드 브레브 부인의 서글픈 전원생활Mélancolique villégiature de Mme de Breyves〉이다. 그는 〈트리스탄과 이졸데〉 서곡처럼 바그너의 장엄한 오케스트라 곡을 무척 좋아해서, 《잃어버린 시간을 찾아서》에도 그 시대의 애국적인 분위기 속에 바그너의 음악이 뿌리를 내리도록 배려하며 한 자리를 마련할 정도였다(독일의 위대한 음악가 바그너는 베르뒤랭 일가가 바이로이트에 갈 때 이따금 조롱거리가 되곤 한다). 그럼에도 바그너의 예술 작품 전체는 청중을 빠져들게 하는 위대한 작품으로 남고, 일종의 건축과도 같은 그의 음악은 소설가 프루스트에게 그가 건축해야 할 대성당의 모델을 제공한다.

프루스트는 이 소설에서 음악의 악절─뱅퇴유의 악절─을 거의 문체론적으로 해석해 진정한 문학 소품으로 만든다. 그것은 독자가 완전한 이미지를 포착하기 어려울 단장短章 형태의 언어로 묘사되지만, 소설가의 탁월한 재능 덕에 우리에게 와닿는다. 프루스트는 음악가 인물도 지어내서, 우리는 콩브레에서 음악가의 딸인 고약한 뱅퇴유 양을 통해 그를 발견하게 되는데, 화자는 소파에서 동성애 관계를 경험하는 뱅퇴유 양을

몰래 관찰한다. 그녀의 아버지는 소박한 피아노 교사였는데 점차 삶이 나아진다. 그는 말년에 이르러 진가를 드러내는 예술가이고, 소설 전체가 그의 주요 작품 두 곡 사이에서 전개된다. 〈스완의 사랑〉에 나오는 소나타와 소설 말미의 7중주곡이다. 이 인물은 유령처럼 보인다. 그는 불쑥 튀어나오고, 울려 퍼지며 청중을 열광에 빠뜨리는 그의 작품들을 통해 되살아난다. 두 인물, 샤를 스완과 화자가("이건 우리의 소나타야"라고 말하는 오데트도) 그것에 유독 민감하게 반응한다. 음악은 그들에게 그들 자신을 비춰 보여준다. 음악은 그들을 행복하게 해주는 마력을 지녔다. 그러나 스완에게는 불행의 독이기도 하다. 스완은 음악은 여기 있지만 오데트는 없다는 사실을 쏠쏠히 확인하며, 그 빈자리를 질투에 내주는 것이다.

이렇듯, 프루스트는 음악의 이론도 예술의 이론도 세우지 않는다. 그에게 음악의 힘은 말이 필요 없는 감동 속에 있다. 이런 점에서 어쩌면 작가의 눈에는 언어를 통하지 않고 감동을 표현할 수 있는 음악이 다른 예술들보다 우위에 있는지도 모른다. 그러나 음악에서 생겨난 그 감동을 독자가 들을 수 있으려면 길거나 짧은 '문장들(악절들)[58]'도 필요하다.

화자와 샤를 스완은 뱅퇴유가 작곡한 곡들에 열광한다. 어느 날 저녁 베르뒤랭의 살롱에서 그 소나타를 처음 듣는 스완이 특히 그렇다.

처음에 그는 악기가 쏟아내는 음의 물질적인 질감밖에 음미하지 못했다. 그러다가 가냘프면서 끈질기며, 치밀하고 주도적인 바이올린의 선율 아래로 문득, 마치 달빛에 홀려 반음 내린 물결이 연보랏빛으로 일렁이듯이 피아노 성부가 분리되지 않은 채 한 덩이가 되어 온갖 형태로 잔잔하게 부딪치며 거대한 출렁임처럼 일어서는 걸 보았을 때, 그것만으로도 이미 큰 기쁨이었다. 그러나 어느 순간, 윤곽을 선명하게 구분하지도 못하고, 마음을 사로잡는 무언가에 이름을 붙이지도 못한 채 별안간 매혹된 그는, 저녁 무렵 촉촉한 대기 속을 떠도는 장미 향기가 우리의 콧구멍을 벌름거리게 하듯이, 스쳐지나며 그의 영혼을 활짝 열어놓는 악절이나 화음—그가 알

---

58 음악의 '악절phrase'과 글의 '문장phrase'이 같은 단어로 쓰인다.

지 못하는—을 거둬보려 애썼다. 어쩌면 그가 음악을 알지 못했기에 그처럼 혼란스러운 인상을 받았는지 모른다. 그것은 순수히 음악적이며, 널리 퍼지지 않고, 대단히 독창적이어서 그 어떤 다른 차원의 인상으로 환원될 수 없는 그런 인상이었다. 이내 사라질 이런 인상은, 말하자면 시네 마테리아[59]다. 우리가 듣는 음들은 아마도, 그 높이와 장단에 따라, 우리 눈앞에서 다양한 차원의 표면을 감싸고, 아라베스크 곡선을 그리며, 우리에게 넓고 엷고 안정적이면서 급변하는 느낌을 주려 한다. 그러나 음들은 그런 느낌들이 우리 안에서 충분히 형성되기도 전에, 곧이어 이어지는 음이나 동시에 나오는 음들이 일깨우는 감각들에 휩쓸리지 않으려고, 사라져버린다. 물결 한가운데에 버티고 서 있을 토대를 세우려 애쓰는 인부처럼, 기억이 달아나는 그 악절들의 복사본을 만들어 우리가 이어지는 악절들과 그것을 비교하고 구분할 수 있게 해주지 않는다면, 그 인상은 유동적이고 '녹아든' 느낌으로 모티프들을 계속 감쌀 테고, 그 모티프들은 때때로 겨우 식별할 정도로 솟구쳤다가 이내 가라앉아 사라지며, 오직 그것들이 제공

---

59 'sine materia', '물질적인 실체 없이'를 의미하는 라틴어.

하는 특별한 기쁨을 통해서만 인식될 뿐, 묘사하고 떠올리고 이름을 붙이는 것이 불가능하고, 말로 표현할 수도 없다. 그렇게, 스완이 느낀 감미로운 감각이 사라지자마자 그의 기억은 즉각 그에게 그 감각에 대한 간략하고 일시적인 복사본을 제공했지만, 그는 악절이 계속되는 동안에도 여전히 그 사본에 눈길을 던지고 있었으므로, 똑같은 인상이 갑자기 돌아왔을 때 그걸 포착할 수 있었다. 그는 그 인상의 넓이, 대칭을 이루는 배열, 표기, 표현적 가치를 마음속으로 상상했다. 그의 앞에는 더는 순수 음악이 아니라, 데생·건축·사유가 있었고, 그것이 음악을 떠올리게 했다. 이제야 그는 소리의 파동 위로 잠시 솟아오르는 하나의 악절을 선명히 식별했다. 그 악절은 그에게 특별한 관능적 쾌락을 안겼는데, 그것을 듣기 전에는 생각조차 하지 못했던 쾌락이어서, 그는 그 악절이 아닌 다른 무엇도 그에게 그런 쾌락을 알게 해주지는 못하리라고 생각했고, 그 악절에 대해 어떤 미지의 사랑 같은 것을 느꼈다." **60**

60 《스완네 집 쪽으로》, p. 172~173.

03

회화

> "꿈을 조금 꾸는 것이 위험하다면 그걸 낫게 해주는 것은
> 꿈을 덜 꾸는 것이 아니라 더 꾸는 것이다."
>
> ―《꽃핀 소녀들의 그늘에서》

화가 엘스티르의 이 말이 발베크의 언덕 위에 자리한 그의 작업실 안으로 울려 퍼진다. 수십여 점의 그림이 쌓여 있는 그곳에서 화자는 열정적으로 그림들을 살펴본다. 이 예술가는 예전에 아직 베르뒤랭 일가가 좋아한 손님으로 재미없는 농담을 늘어놓아 놀림당하곤 하던 시절에는 비슈 씨라 불렸다. 그러나 그는 작품에 완전히 몰두하기 위해 점차 사교계에서 멀어졌는데, 그의 작품 중 하나가《잃어버린 시간을 찾아서》의 젊은 주인공의 마음을 뒤흔들어 놓고, 그 시대의 예술적 부흥에 관심이 많던 마르셀 프루스트에게는 회화 예술에 관한 성찰을 정립하게 해준다.

***

　프루스트에게 회화는 청춘기의 소명 같은 것이다. 그는 직업을 선택하려고 결심했을 때 에콜 데 보자르의 행정실에서 일하는 상상도 해보고, 베르사유 박물관의 관장이 되는 것이 꿈이라고 쓰기도 한다. 그러면서 전시회들을 찾아다니고―사이타파르네스 왕의 왕관을 감상하러 루브르 박물관에도 가고―여행도 많이 한다. 1898년에는 암스테르담으로, 1902년에는 벨기에와 네덜란드로 간다. 카르파초를 보기 위해 베네치아에도 가고, 조토를 보기 위해 파도바에도 간다. 그 후 입체주의 운동에도 관심을 품었으니 아마 피카소의 작업실에도 가보았을 것이다. 그는 책에서 보고 좋아한 모든 것, 그리고 그와 동시대인들을 놀라게 한 모든 것을 자기 눈으로 직접 보고 싶어 했다.

　1921년 4월 어느 날, 예술사가 장-루이 보두아예는 프루스트가 〈로피니옹L'opinion〉지에 쓴 그 유명한 일화를 직접 지켜보았다. "헤이그 미술관에서 〈델프트 풍경〉을 보고 나서 나는 내가 세상에서 가장 아름다운 그림을 보았다는 걸 알았다", 라고 쓴 일화 말이다. 네덜란드 회화의 정수로 꼽히는 페르메이르의 이 그림을 프루스트는 다시 보고 싶어 한다. 그 시절에 그는 이미 저승에 갇힌 사람처럼 몇 달째 집안에만 틀어박혀 지내고 있었지만, 보두아예에게 미술관에 같이 가달라고 부탁한다. 그리고 프루스트는 죽기 일 년 전에 마지막으로 페르메이르의 그 그림을 보며 감탄한다.

그 그림에는 먼저 도시가 보이고, 전경에는 모래사장과 인물 몇 명이 보인다. 그러나 우리가 프루스트를 읽고 나면, 당장 그 유명한 노란 벽면의 한 부분, 소설 속의 작가인 베르고트가 쓰러져 죽기 직전에 "저 작은 노란 벽면처럼, 나도 저렇게 글을 써야 했어", 라고 중얼거린, 그 벽면부터 찾게 된다. 이 그림, 회화의 완결이라 할, 페르메이르의 이 그림은 그에게 자신의 문체가 도달했어야 할 이미지를, 그림의 한 지점에 결집된 이미지를 제공하는데, 참으로 완벽하게 그려진 그 노란 벽의 작은 부분은 극동의 칠기처럼 귀한 것이다. 그런데 이 대목의 핵심인 그 세밀한 부분, 프루스트를 감동시킨 그 부분이 그림에는 없다. 그림 오른쪽에 살짝 금빛이 도는 지붕이 있기는 하다. 이번에도 기억이 변모 작업을 수행한 것이다. 프루스트가 글로 쓴 것이 우리가 보는 것과 일치하지 않으니 말이다. 이는 소설가 프루스트의 세계에서 문학과 회화의 팽팽한 긴장을 보여주는 완벽한 이미지다. 이 긴장은 이미 베르고트라는 인물에게도 존재해서, 그는 《장 상퇴유》—프루스트가 처음 시도한 소설인—에서는 화가였다가 《잃어버린 시간을 찾아서》에서는 작가로 등장한다.

소설 속에서 그림의 재능은 엘스티르의 모습을 통해 구현된다. 엘스티르는 이 책의 진짜 주인공 중 한 사람이다. 그의 연애가 무엇보다 오데트를 향한 스완의 사랑과 이어지고, 나중엔 알베르틴을 향한 화자의 사랑과 이어지기 때문이다. 화가라는 인물은 변하지만, 그의 아바타들 하나하나가 사랑과 연관된다. 게다가 실마리를 찾지 않도록, 누가 그 인물의 모델이 되었는지 알려고 하지 않도록 주의해야 한다. 그 인물에는 휘슬러도 조금, 엘뢰[61]도 조금, 모네도 조금 섞여 있다. 그의 작업실에서 화자는 글쓰기의 은유를 발견한다. 그의 눈앞에서 선들이 뒤섞이고, 바다는 육지가 되고, 반

프루스트와 함께하는 여름

대로 육지가 바다가 되기도 하고, 눈雪이 파도 거품 위로 내려앉고, 눈밭 위에 배 한 척이 떠 있기도 한다…. 화자는 그의 그림을 바라보며 '착시'에 대해 말한다. 그에게 엘스티르의 작업실은 세상을 다시 창조하는 실험실이다.

화자는 리브벨에서 친구 로베르 드 생루와 함께 엘스티르를 만난다. 그리고 나중에 발베크에 있는 화가의 작업실로 찾아간다. 수많은 그림 중에서 그의 눈길은 바다 그림에 머문다.

화가는 해변 전경 부분에서 우리의 눈이 땅과 대양 사이의 뚜렷한 경계를, 절대적인 구획을 알아차리지 못하도록 길들일 줄 알았다. 배를 바다로 미는 사람들은 모래밭에서 달리는 것만큼이나 물결 속에서도 잘 달렸고, 젖은 모래는 마치 물인 양 이미 선체를 비추고 있었다. 바닷물도 규칙적으로 일렁이

61 폴 세자르 엘뢰(Paul Cesar Helleu, 1859∼1927). 프랑스의 화가, 판화가. 프루스트는 자신의 사후 초상화를 엘뢰가 그려주길 바랐고, 실제로 프루스트의 죽음 직후 엘뢰는 침상에 누운 소설가의 초상을 드라이포인트 판화 작품으로 남겼다.

는 게 아니라 모래톱의 올록볼록한 기복을 따랐으며, 그 기복이 원근법 때문에 더더욱 들쭉날쭉해 보여서 바다 한가운데 떠 있는 배 한 척은 조선소의 불거진 구축물들에 반쯤 가려져 마치 도심 한가운데를 항해하는 듯 보였다. 바위틈에서 새우를 잡는 여자들은 물에 둘러싸였고, 움푹 팬 침하지대가 바위들이 둥글게 둘러싼 장벽 너머의 해변(육지에서 가장 가까운 양쪽 해변)을 해수면 수준으로 끌어내리는 바람에 마치 배와 파도가 내려다보이는 바다 동굴 안에 있는 듯 보였고, 동굴은 기적적으로 갈라진 물결 한가운데에서 열린 채 보호받는 것 같았다. 그림 전체가 그렇게 바다가 땅으로 들어가고 땅은 이미 바다가 되어 수륙양서 인간들이 사는 항구를 그린 듯한 인상을 풍겼고, 바다라는 원소의 힘이 사방에서 표출되었다. 바위 근처, 바다가 출렁이는 방파제 초입에서는 창고와 성당과 도시의 집들이 고요히 우뚝 선 풍경을 배경으로 어떤 이들은 돌아오고 또 어떤 이들은 고기잡이를 떠나는데, 심하게 드러누운 배가 기울어진 각도와 뱃사람들의 노력을 보아, 마치 그들은 사납고 날쌘 짐승 등에 올라탄 듯이 물 위에서 거칠게 움직였는데, 뱃사람들의 노련한 솜씨가 없었더라면 짐승이 풀쩍 뛰어올라 그들을 땅바닥에 내동댕이쳤을 것이다. 한 무

프루스트와 함께하는 여름

리의 나들이객이 마차처럼 흔들리는 배를 타고 유쾌하게 유람에 나섰다. 쾌활하지만 주의 깊은 뱃사람 하나가 고삐라도 쥔 듯 배를 몰고 펄럭이는 돛을 조정했는데, 저마다 너무 한쪽으로 쏠려서 배가 뒤집히는 일이 없도록 제자리를 지켰다. 그렇게 그들은 햇살 가득한 들판을 지나고 비탈길을 급히 내려가 그늘진 풍경 속으로 내달렸다. 폭풍우가 몰아친 직후였지만 화창한 아침이었다. 폭풍우의 강력한 힘이 아직 느껴졌지만, 햇살과 선선함을 만끽하며 흔들리지 않는 배들의 균형감으로 그 힘을 누그러뜨리고 있었다. 바다가 너무 잔잔한 지점에서는 햇빛의 효과로 흐려지고 원근법으로 서로 겹쳐 보이는 배들보다 그 그림자들이 더 견고하고 사실적으로 보였다. 아니, 바다의 다른 부분들이라고 할 수도 없었다. 그 부분들 사이에도, 그 부분 중 하나와 물 밖으로 솟아오른 성당, 또 도시를 등진 배들 사이에서 보이는 차이만큼이나 큰 차이가 있었으니 말이다. 그 후엔 우리의 지성이 여기서는 폭풍의 영향으로 시커멓고, 조금 더 멀리에서는 하늘과 색을 맞춰 하늘만큼 반짝이는 것, 저쪽에서는 햇빛과 안개와 물거품으로 새하얗고, 집들에 둘러싸여 아주 단단한 땅처럼 보여 마치 돌 제방이나 눈밭을 연상시키는 것을 하나의 요소로 만들어, 그 위로 배 한 척이 마른 땅의 급경사를 오르는 걸 보자니 마치 마차가 냇가를 빠져나오며 몸을 부르르 떠는 것처럼 보여 오싹했는데, 하지만 얼마 지나지 않아, 단단한 고원의 높고 울퉁불퉁한 벌판에서 비틀거리는 배들을 보면 이 모든 다채로운 양상에도 여전히 같은 바다라는 걸 깨닫게 되었다.[62]

---

62 《꽃핀 소녀들의 그늘에서》, p. 657~658.

프루스트와 함께하는 여름

04

글쓰기

> "위대한 작가는 먼저 자신에게 양식이었던 것으로
> 다른 이들을 키우는 씨앗과 같습니다."
> — 《앙드레 지드에게 보낸 편지》

마르셀 프루스트는 앙심을 품는 사람이 아니다. 갈리마르 출판사에 보낸 《스완 네 집 쪽으로》 원고를 거의 펼쳐보지도 않고 거절한 앙드레 지드에게 보낸 편지에서 그는 그 누구보다 대중에게 마음의 양식을 제공하고 사람들의 정신에 생명력을 불어넣은 지드를 위대한 작가로 생각하고 경의를 표한다. 《잃어버린 시간을 찾아서》의 화자도 같은 계획을, 독자가 책에서 자신을 알아보고 스스로를 이해하게 될, 그런 책을 쓸 계획을 품는다. 그러나 그 여정은 길고, 의심을 떨치지 못하는 주인공에게 좌절의 시간은 끈질기게 이어진다. 다행히도 그는 한동안 그에게 본보기가 되어줄 작가 베르고트와 가까이 지낸다.

***

청년 프루스트가 아나톨 프랑스를 처음 만난 건 아마도 1890년경, 아나톨 프랑스의 동반자이자 조언자였던 아르망 드 카야베 부인의 살롱에서였을 것이다. 그 시절, 아나톨 프랑스는 공식적인 국민 작가요 성공한 작가의 모범적인 전형이었다. 1896년에 그는 마르셀 프루스트가 출간한 첫 책《쾌락과 나날》의 서문을 썼다. 이 저명한 문인에 대한 애착으로 프루스트는 자신의 소설의 중요인물 중 하나인 위대한 작가 베르고트를 지어내게 된다. 그 인물 안에는 물론 알퐁스 도데도 조금, 폴 부르제도 조금, 그리고 모리스 바레스도 조금 깃들어 있다.

베르고트는 한 점의 그림 앞에서, 페르메이르가 그린 노란 벽면 부분 앞에서 이렇게 말하며 죽는다. "나도 저렇게 글을 써야 했어." 프루스트의 눈에 글쓰기와 회화는 떼어놓을 수 없는 것이었다. "독창적인 작가와 독창적인 화가는 안과의사처럼 작업해서", 시선을 모든 예술작업 과정의 중심에 둔다. 게다가 프루스트는 망원경과 현미경을 동시에 활용한다. 그는 발자크처럼 사람들의 집으로 찾아가 그들이 집이며 아파트를 장식한 방식을 해설하는 걸 좋아한다. 역설적이게도 그는 전혀 수집가가 아니다. 그의 집에는 아주 수수한 침대 하나와 아버지의 초상화뿐, 아무것도 없다. 카르나발레 박물관에 재현해놓은 그의 방을 보면 그의 친구 로베르 드 몽테스키우와는 달리 그가 가구를 전혀 중요하게 여기지 않았다는 사실을 알게 된다. 그러나 그는 라 페루즈 길의 오데트 드 크레시의 규방을, 세기말의 이 화류계 여인이 좋아한 일본 양식을 관찰하고, 근대적인 스타일에 심취한 베르뒤랭 부인을, 또는 근대적인 스타일의 가구를 사기 위해 자기 가문 게르망트 일가의 집기를 몽땅 팔아버리는 로베르 드 생루를 관찰한다….

그러니까 베르고트는 페르메이르의 그림 앞에서 죽는다. 어쩌면 새로운 작가가 떠오를 수 있도록 '아나톨 프랑스 풍의' 위대한 모델은 죽어야만 했는지도 모른다. 그 신예작가에게 죽은 베르고트와 그의 죽음을 초래한 두 가지 원인을 보여주어야 한다. 너무 익힌 감자를 먹어서 생긴 소화불량, 그리고 페르메이르의 걸작이 그 두 원인이다. 베르고트가 죽었으니, 미래의 책이 펼쳐질 수 있다.

어떤 면에서 프루스트는 위고처럼 국민작가가 되길 꿈꿨는지도 모른다. 오늘날 그는 그런 작가가 되었다. 이 야심은 클로드 모네—가장 위대한 프랑스 화가가 되어가는 중이던—가 루앙 대성당 연작을 지어낸 것처럼, 대성당을 하나 짓겠다는 생각에서도 드러난다. 작가를 겸허한 건축 장인으로 만들어놓는, 이 대성당에 관한 생각은 대단히 중요하다. 그는 화가이자 수집가이고 사교계 인물인 장 드 게뉴롱 백작[63]에게 보낸 믿기 힘든 편지에서 그 생각에 대해 말한다.

"선생께서 제게 대성당 얘기를 하셨을 때 제가 아무에게도 말한 적 없는 것을 짐작하신 선생의 직감에 감동하지 않을 수 없었습니다. 그리고 여기서 처음으로 이 말을 하는 건, 처음엔 제 책의 각 장에 '현관 1'이니 '제단 뒤 채색 유리창' 등의 제목을 붙이려 했기 때문입니다. 책의 구성력 결핍에 대해 사람

---

63 Jean de Gaigneron(1890—1976), 프랑스 화가.

들이 운운할 어리석은 비판에 미리 대답하기 위해, 이 책의
유일한 장점이 세세한 부분들의 탄탄함에 있다는 것을 보여
드리겠습니다. 하지만 지나치게 멋을 부린다는 생각이 들어
서 건축 관련 제목들은 바로 포기했습니다. 하지만 선생께서
어떤 알 수 없는 지성의 예지력으로 그것을 다시 찾아내시니
감동했습니다."[64]

이처럼 프루스트는 거의 낯선 사람에게 자기 책의
주요 열쇠를 드러내 보이고, 그의 책이 제대로 "설계되
지" 않았다고 말한 모든 사람에게도 응수한다. 그는 지
나치게 설계된 기념물에 어울릴 지성보다는 심장의 널
뜀을 선호한다. 존 러스킨에 따르면 기념물은 고색을
띠어야 한다. 돌에 후광을 씌우는 고색 말이다. 매우 견
고한 이 건축물이 첫눈에 파악되지 않도록 구조를 조
금 삭제해야 한다. 지성은 설계도와 토대를 그리게 해
준다. 하지만 프루스트의 지성은 수준 높은 지성이어
서 우리가 아무것도 짐작하지 못하도록 스스로 세운

---

64 1919년 8월 1일에 쓴 마르셀 프루스트의 편지.

설계도를 반쯤 삭제한다. 아름다움이 가장 먼저 도드라져야 하기 때문이다. 이 걸작의 경이로움이 바로 거기에 있다.

《되찾은 시간》에서 화자는 마침내 글을 쓰기로 마음먹는다.

> 결국, 시간에 대한 이 관념이 내게는 최후의 가치이며 자극제여서, 내가 살아오는 동안 게르망트 일가 쪽에서나 빌파리지 부인과 함께 마차를 타고 산책하던 중에 섬광처럼 짧은 순간 느꼈던 것, 삶이 살 만한 가치가 있다고 생각하게 해준 것에 도달하고 싶다면 바로 지금이 시작할 시간이라고 내게 말해주었다. 어둠 속에서 살아온 삶이 이젠 밝혀질 수 있을 것 같았고, 우리가 끊임없이 왜곡하는 삶이 진정한 삶으로, 요컨대 한 권의 책 속에 실현될 수 있을 것처럼 보였다! 그런 책을 쓸 수 있는 사람은 얼마나 행복할 것이며, 그의 앞날엔 얼마나 고된 일이 기다릴까! 하고 나는 생각했다. 그걸 가늠해보려면 더없이 다양하고 숭고한 예술들에서 비유를 빌려와야 할 것이다. 각 인물에서 상반된 면모들을 부각해서 입체감을 입히

기 위해 이 작가는 펜싱에서 공격을 준비하듯이 끊임없이 힘을 다시 끌어모아 책을 세심하게 준비해야 하고, 피로처럼 그것을 견뎌내고, 책을 규칙처럼 받아들이고, 책을 성당처럼 건축하며, 책을 식이요법처럼 따르고, 책을 장애물처럼 극복하고, 책을 우정처럼 쟁취하고, 아이를 먹이듯 책을 잘 먹이고, 하나의 세상을 창조하듯 책을 창조해야 할 텐데, 아마도 다른 세상에서나 설명을 찾을 수 있을 그런 신비들도 소홀히 하지 말아야 한다. 그런 신비들에 대한 예감이 삶에서나 예술에서나 가장 우리의 마음을 울리는 것이니 말이다. 그런 위대한 책에는 건축가의 설계도가 너무 방대해서 그저 슬쩍 훑고 지날 수밖에 없어 끝내 완성되지 못할 부분들이 남아 있다. 얼마나 많은 대성당이 미완성으로 남아 있는가! 우리가 그 약한 부분들을 채우고, 강화하고, 보존하긴 하지만, 그러고 나면 책은 스스로 자라나 우리의 무덤을 지정하고, 우리의 무덤을 무성한 소문들로부터, 그리고 한동안은 망각으로부터도 지켜준다.[65]

65 《되찾은 시간》, p. 2389.

05

독서

마르셀 프루스트는, 정말이지 습관과 다르게, 딱 한 번 이렇게 다섯 단어로[66] 핵심을 말한다. 그가 보기에 책은 그저 사물도 아니고, 제목이나 이야기도 아니다. 어쩌면 그것은 우리의 마음을 움직이고 우리에게 문을 열어줄 수 있는 친구이기도 하다…. 그래서 독서는 《잃어버린 시간을 찾아서》의 화자가 주장하는 궁극의 예술로 나타난다. 앞으로 올 그의 작품의 토대가 되는 예술이다. 그가 읽은 책들이 없었다면 그는 작가가 되지 못했을 테니 말이다.

---

66 "독서는 우정이다"라는 문장은 다섯 단어로 이루어졌다. "La lecture est une amitié."

***

"예술은 세상이 인간에게 거절하는 것을, 감정과 지속성의 결합을 인간에게 제공해준다. 혹은 열정과 지속성의 결합을." 앙드레 모루아는 이렇게 말하며 어린 시절의 독서들을 떠올린다…. 화자의 어린 시절 독서라고 하면, 할머니나 어머니가 주신 책들인 《밭에서 주운 아이 프랑수아》[67], 오귀스탱 티에리[68]의 《메로빙거 왕조 시대의 이야기들Récits des temps mérovingiens》이다. 이것이 대성당의 초석이다. 그 후 소설 속에서 독서는 한결같이 예술처럼 행해진다. 알베르틴을 향한 화자의 사랑도 독서를 통해 이루어진다. 그는 그녀에게 책들을 건네고, 그녀와 함께 작가들의 문체에 대해 논하는데, 거기서 나온 멋진 구절들은 알베르틴이 받은 문학 수업이라 부를 만하다. 프루스트는 다른 작가들의 책도 좋아했다. 모든 작가가 다른 작가들의 책을 좋아할

---

67 1848년에 출간된 조르주 상드의 소설 《François le Champi》.
68 1795~1856. 역사적 사실과 상상을 결합해 생생한 서사를 최초로 시도한 프랑스 역사학자.

수 있는 건 아니다. 그는 친구인 자크-에밀 블랑슈가 쓴 화가들에 관한 책에 서문을 썼다. 폴 모랑의 첫 번째 책《달콤한 비축품》에도 서문을 썼다. 그는 아량 넓은 독자였는데, 그 점은 그의 파스티슈[69] 작품들에서도 드러난다. 자신이 감탄하고 또한 조롱하기도 하는 작가들의 문체 속으로 들어갈 줄 알았던 것이다.

현실 세계는 읽은 책들과 좋아한 그림들로 이루어졌다. 프루스트는 우리가 직접 실행해볼 수 있을 몇 가지 방법을 제시한다. 현실 세계에서 책의 이런저런 페이지들을 알아보고, 우리가 마주치는 얼굴들에서 미술관에서 본 얼굴들을 알아보는 방법이다. 오데트를 향한 스완의 사랑은 시스티나 성당 벽화의 일부인 보티첼리의 프레스코화 〈이드로의 딸들〉에 그려진 젊은 여인과 오데트를 동일시하는 과정을 거친다. 스완은 오데트를 사랑한다. 하지만 그가 그녀를 사랑하는 건 예술작품과 닮아서다. 블로크라는 인물은 벨리니가 그린 마호메트 2세의 초상과 닮았다. 생퇴베르트 부인의 연

---

69 문체나 작풍에서 선구자의 영향을 받은 작품을 가리키며, 넓은 의미로는 패러디도 포함된다.

회에서 시중을 드는 하인들은 만테냐가 그린 인물들을 닮아서 꼭 루브르 박물관이 만찬에 초대된 느낌이다. 콩브레의 임신한 부엌 하녀는 조토가 파도바에서 그린 〈자비의 알레고리〉를 닮았다. 루브르에 있는 기를란다요가 그린 초상화도 나온다. 코가 완전히 부풀어 오른 할아버지가 손자를 안고 있는 초상화다. 등장인물 중 한 명이 말한다. "저 인물이 로Lau 씨를 닮은 것 같지 않아요?" 실생활에서도 이런 놀이를 할 수 있다. 프루스트의 방식을 적용해서 우리가 좋아하는 그림들을 지하철에서 마주치는 사람들의 얼굴에서 알아보는 것이다. 그렇게 우리는 책을 읽거나 쓰면서 뿐만 아니라 일상에서도 프루스트 애호가가 될 수 있다.

마르셀 프루스트가 프랑스 문학의 위대한 '고전 작가'가, 가장 위대한 프랑스 작가가 되리라는 사실을 그가 죽은 직후에 알게 되었다면 누구라도 놀랐을 것이다. 그에겐 일등 자리를 차지하겠다는 야심이 있었지만, 실제로 그 자리에 이르렀다는 사실을 알았더라면 아마 그 자신도 놀랐을 것이다.

그러면 독자는 어떨까? 독자는《잃어버린 시간을 찾

아서》에 인물로 등장하지 않는 유일한 얼굴이다. 화자는 자신의 독자들이 결국엔 그들 자신의 독자가 되길 바란다. 바로 그런 이유로 대단히 다양한 독자들이 마르셀 프루스트가 자신의 책을 오직 그들을 위해 썼으리라는 느낌을 받는다. 1900년의 전환점에 처한 살롱들에 전혀 관심이 없을 수 있고, 게르망트 일가나 베르뒤랭 일가의 사교계에 대해 아무것도 알고 싶어 하지 않을 수 있지만, 우리 자신 내면에는 프루스트가 있으며, 그가 우리를 묘사하고 있다는 건 이해하는 편이 좋을 것이다.

이 소설의 대단원에서 미래의 소설가는 자신의 책만이 아니라 그 책을 읽게 될 사람들에 대해서도 성찰한다.

그러나 나 자신으로 돌아가 좀 더 겸허한 마음으로 내 책을 생각해보았고, 그 책을 읽을 이들을 생각했는데, 그들을 나의 독자라고 말한다면 정확하지 않은 말이 될 것이다. 나의 관점으로 볼 때 그들은 나의 독자가 아니라 그들 자신의 독자가 될 것이다. 내 책은 콩브레의 안경사가 어느 손님에게 내놓았던 확대경 같은 것에 불과하기 때문이다. 내 책 덕에 나는 그들에게 그들 자신을 읽을 수단을 제공하게 되는지 모른다. 그러니 내가 그들에게 청하는 건 나를 찬양하거나 비방할 것이 아니라, 그저 그들이 그들 내면에서 읽는 말이 실제로 내가 쓴 말이 맞는지만 말해 달라는 것이다.[70]

---

[70] 《되찾은 시간》, p. 2389~2390.

잃어버린 프루스트를 찾아서

《잃어버린 시간을 찾아서》의 첫 권 《스완네 집 쪽으로》가 출간된 건 1913년이고, 마지막 권 《되찾은 시간》이 출간된 건 1927년이다. 그 사이 1922년에 이미 저자는 세상을 떠났다. 14년이라는 긴 세월에 걸쳐 완간된 이 경이로운 작품으로 프루스트는 20세기 문학의 지형을 뒤흔든, 가장 전복적인 작가가 되었다. 오늘날, 그는 꼭 읽어야 할 중요한 작가로 손꼽히며, 가장 많이 연구되고 분석되고 해설되고 인용되는 작가이다.

프루스트가 떠나고 한 세기가 흐르는 동안 그의 이름이 들어간 책들이 비 오듯 쏟아졌다. 《프루스트와 기호》, 《프루스트와 전쟁》, 《프루스트와 예술》, 《프루스트와 그림》, 《프루스트와 화가들》, 《프루스트의 시간》,

《프루스트의 공간》,《프루스트의 인물들》,《프루스트의 방들》,《프루스트의 유머》,《프루스트의 눈》,《프루스트의 편지》,《프루스트의 친구들》,《프루스트의 산책》,《프루스트의 마들렌》,《프루스트의 청춘기》,《마르셀 프루스트 사전》,《프루스트, 되찾은 요리》,《프루스트의 시간을 사는 법》,《프루스트가 우리의 삶을 바꾸는 법》,《프루스트를 읽지 않고 프루스트 애호가가 되는 법》…. 이 정도만 열거해 봐도 '프루스트'라는 이름은 마치 어떤 문이든 열 수 있는 만능열쇠처럼 보인다. 사무엘 베케트, 발터 벤야민, 장 콕토, 폴 모랑, 프랑수아 모리악, 클로드 시몽, 제라르 쥬네트, 질 들뢰즈, 모리스 블랑쇼, 롤랑 바르트, 필립 솔레르스 등 내로라하는 수많은 작가·평론가·철학자가 저마다의 관점으로 프루스트를 얘기했다.

또한 많은 작가가 프루스트의 애독자임을 기꺼이 고백해서, 프루스트는 흔히 '작가들의 작가'로 불리기도 한다. 열여덟 살 때부터 프루스트의 작품에 빠져서 거듭 읽었다는 클로드 시몽은 프루스트가 우리 앞에 엄청난 길들을 연 "거대한 천재"이며, "프루스트의 문장들은 어떤 시詩보다도 시적"이라고 단언했다. 제라르 쥬네트는 자신의 여러 작품에서 거듭 프루스트를 언급하며 《잃어버린 시간을 찾아서》가 "언어의 시학을 보여주는 대단히 풍요롭고 명료한 증언"이라고 평했다. 케루악은 '미국의 프루스트'가 되길 꿈꾸었다고 하고, 롤랑 바르트는 청소년기부터 가장 많이 읽은 작가가 프루스트여서 그에 대해 글을 써야 할 "빚"이라도 진 것처럼 느꼈고, 실제로 책을 펴내기도 했다. 프루스트 애독자 중에서도 특히 버지니아 울프가 프루스트를 읽고 보인 반응이 가장 눈길을 끈다. 울프는 프루스트의 작품이 마치 늪이라도 되는 양, "그 앞에서 떨며 그 속으로 내려가면 다시는 위로 올라오지 못할 것 같은 두려움"에 사로잡혔다고 말했다. 그리고 오랜 망설임 끝에 프루스트를 읽기 시작하고는 이렇게 감탄했다.

"나의 위대한 모험은 단연 프루스트입니다. 이 작품 이후에, 무슨 쓸 말이 남아 있을까요? 난 이제 겨우 첫 번째 권을 읽었으니, 아마도 앞으로 발견하게 될 결점들이 있을 테지만, 놀라움이 가시지 않습니다. 마치 내 눈앞에서 기적이 일어나

고 있는 것 같아요. 항상 달아나던 것을 어떻게 이 누군가는
마침내 붙들어 이로록 아름답고 완벽하게 영속하는 실체로
만들었을까요? 책을 내려놓고, 숨을 헐떡이지 않을 수 없어
요."[71]

버지니아 울프의 이 놀라운 증언은 당장 그 첫 번째 권인《스완네 집 쪽으로》부터 펼치고 싶은 강렬한 독서 욕구를 부추긴다. 그러나 프루스트를 읽기란 그리 만만한 일이 아니다. 작가의 동생 로베르 프루스트의 말처럼, 우리는 깊이 병들거나 다리라도 하나 부러져서 강제로 침대에 머물러야 할 경우가 아니고는 거의 3천 쪽에 달하는《잃어버린 시간을 찾아서》를 읽을 엄두도 내지 못한다. 행여 큰맘 먹고 책을 펼쳐 들어도, 싹을 틔우고 가지를 뻗고 꽃을 피우며 구불구불 끝없이 이어지는 긴 문장들을 따라가다 보면 길을 잃고 독서를 포기하기 십상이다. 문장 하나가 몇 쪽에 걸쳐 이어지기도 하니 말이다. 그러니《스완네 집 쪽으로》를

---

71 알랭 드 보통, 《프루스트가 우리의 삶을 바꾸는 법》.

읽은 독자가 《되찾은 시간》까지 읽는 경우는 아주 드물어서, 프루스트는 우리가 읽지 않고 아는 양 떠들어대는 대표적인 작가가 되어버렸다. 하지만 우리가 제대로 뛰어들어 프루스트의 작품을 읽기만 한다면, 알랭 드 보통이 《프루스트가 우리의 삶을 바꾸는 방법》에서 세세히 짚어 말하듯이, 또한 이 책 《프루스트와 함께하는 여름》의 첫 장을 쓴 앙투안 콩파뇽이 힘주어 말하듯이, 그 독서는 우리를 바꿔놓는다. 우리가 무시하거나 억누르거나 등한시해온 생각과 감정의 여러 층위와 면면들, 그 미묘한 떨림들을 이 책에서 새롭게 발견해나가다 보면 달라지지 않을 재간이 없다. 사물을 바라보는 우리의 눈길이 달라지는 것이다.

아홉 명의 저자가 함께 집필한 이 책은 여덟 개의 주제를 중심으로 독자를 프루스트의 세계로 안내한다. 작가이거나 대학교수이거나 철학자인 아홉 명의 저자는 모두 프루스트의 열렬한 독자이고, 그에 관한 연구를 이어온 최고의 프루스트 전문가들이다. 그들은 독자로서 저마다 《잃어버린 시간을 찾아서》를 읽었던 개인적인 경험을 들려주고, 한 가지 주제로 이 작품을 다시 읽어낸다. 앙투안 콩파뇽은 프루스트의 시간을, 장-이브 타디에는 작품 속 주요 인물들을, 제롬 프리외르는 프루스트와 사교계를, 니콜라 그리말디는 사랑을, 줄리아 크리스테바는 상상의 힘을, 미셸 에르망은 상징적 장소들을 얘기하고, 라파엘 앙토벤은 몇몇 철학자들과 연결지어 프루스트의 철학자다운 면모를 부각하고, 아드리앵 괴츠는 예술에 주목해 이 방대한 작품의 초상을 그린다. 그리고 로라 엘 마키는 이 매력적인 프로젝트를 소개하는 말로 이 책을 열고, 이어지는 여덟 개의 장마다 도입부를 맡아서 책의 중심을 잡는다. 독자는 이 아홉 명의 개성 넘치는 안내자를 따라 색다른 주제로 《읽어버린 시간을 찾아서》를 읽는 즐거움을 맛볼 수 있다. 더구나 각 장마다 저자들이 프루스트의 아름다운 글을 세심히 골라 인용해두어 프루스트의 글을 "직접" 음미해볼 수 있다.

슈테판 츠바이크는 독서를 "내 본질이 낯선 혈관 속으로 방울방울 옮겨지고, 운명이 다른 운명으로, 감정이 다른 감정으로, 정신이 다른 정신으로 옮아가는, 묘사조차 불가능한 수혈의 과정"[72]이라고 표현했다. 이 책을 옮기는 동안 나는 말 그대로 수혈받는 느낌이 들었다. 프루스트의 열혈독자이자 최고 전문가들의 다양한 목소리를 따라 프루스트를 다시 읽으며, 그의 섬세하고 미묘한 감정과 생각이 이 책의 저자들의 혈관을 거쳐 내 혈관으로 서서히 옮겨지는 듯한 묘한 느낌이었다. 내가 그랬듯이, 부디 이 책을 읽는 독자들도 그 감미로운 수혈의 느낌을 경험해보면 좋겠다. '소리 내어 읽고 싶은, 혹은 옮겨 써보고 싶은 프루스트의 문장들을 만나면 좋겠고, 앞에서 인용한 프루스트에 매혹된 숱한 독자들처럼, 《잃어버리는 시간을 찾아서》가 부리는 "광범위하고 격렬하며 완전한 수준의 마법"에 홀리고 싶어지면 더 좋겠다.

2024년 여름

백선희

---

72 슈테판 츠바이크, 《모든 운동은 책에 기초한다》, 유유.

프루스트와 함께하는 여름

옮긴이 **백선희**

프랑스어 전문 번역가. 덕성여자대학교 불어불문학과를 졸업하고 프랑스 그르노블
제3대학에서 문학 석사와 박사 과정을 마쳤다. 로맹 가리·밀란 쿤데라·아멜리 노통
브·피에르 바야르·리디 살베르 등 프랑스어로 글을 쓰는 중요 작가들의 작품을 우리
말로 옮겼다. 옮긴 책으로 《웃음과 망각의 책》《마법사들》《햄릿을 수사한다》《흰 개》
《울지 않기》《예상 표절》《하늘의 뿌리》《내 삶의 의미》《책의 맛》《파스칼 키냐르의
수사학》《호메로스와 함께하는 여름》 등이 있다.

프루스트와 함께하는 여름

첫판 1쇄 펴낸날 2024년 7월 3일

지은이 | 로라 엘 마키, 앙투안 콩파뇽, 장 이브 타디에, 제롬 프리외르,
         니콜라 그리말디, 줄리아 크리스테바, 미셸 에르망, 라파엘 앙토벤,
         아드리앵 괴츠
옮긴이 | 백선희
펴낸이 | 박남주

펴낸곳 | (주)뮤진트리
출판등록 | 2007년 11월 28일 제2015-000059호
주소 | 서울시 마포구 토정로 135 (상수동) M빌딩
전화 | (02)2676-7117 팩스 | (02)2676-5261
전자우편 | geist6@hanmail.net
홈페이지 | www.mujintree.com

ⓒ 뮤진트리, 2024

ISBN 979-11-6111-131-5 04860
     979-11-6111-071-4 (세트)

* 책값은 뒤표지에 있습니다.